DU MÊME AUTEUR

La guerre de toi n'aura pas lieu, *Intervista, 2001*
Manuel à l'usage des filles qui auraient dû dire non, *Pictorus, 2004*
Le Bras blanc, *Lattès, 2005*
Éloge du silence pendant l'amour, *Plon, 2008*
Mon journal intime, *Lattès, 2009*
Ensemble contre la gynophobie, *Stock, 2016*

Lisa Azuelos

Laissez-moi danser

Stock

Couverture Coco bel œil
Illustration de couverture : © MP/Portfolio/Leemage

ISBN 978-2-234-08252-6

Il faut encore porter en soi un chaos pour pouvoir mettre au monde une étoile dansante.

Friedrich Nietzsche

Dalida est venue me chercher du fond de sa mort et par la peau de mes doutes. Pourquoi elle, pourquoi moi ? J'en suis encore à me poser la question après ces cinq dernières années en sa compagnie, enlevée par elle comme un agneau par un aigle. Elle ne m'a plus lâchée. Elle m'a montré la beauté du ciel toujours bleu et l'ombre des nuages toujours noirs. Les nuages qui ont couvert sa vie dès sa naissance. Elle s'est battue jusqu'au bout pour échapper à son destin maudit. Elle a essayé d'être heureuse. Et parfois, elle y est arrivée. Avant d'écrire ce mot, à l'âge de 53 ans : « La vie m'est insupportable. Pardonnez-moi. » Comment explique-t-on un tel geste ? Pourquoi raconter l'histoire d'une femme qui met fin à la sienne ?

Peut-être parce qu'elle m'a obligée à voir mon reflet dans le miroir de ses yeux sombres, à contempler sa vie et à traverser les zones de turbulence de la mienne, celles que je n'avais jamais eu la force d'affronter toute seule.

Dalida serre son frère dans ses bras. Un peu trop fort, pense-t-il sans vraiment y prendre garde. Après tout, elle ne part que vingt-quatre heures, un aller-retour en Italie, pour rendre visite à la famille de Luigi Tenco.

Elle lui sourit, se dirige vers la salle d'embarquement. Il agite une dernière fois la main.

Dalida reste un long moment assise. Elle préfère embarquer la dernière. Elle se fait moins importuner par ses fans ainsi.

Mais là, c'est autre chose. Quand elle se lèvera, elle ne présentera pas son billet à l'hôtesse. Elle sortira de l'aéroport et prendra un taxi. Elle a tout programmé. Tout, dans les moindres détails.

Un crime parfait. Le sien. Elle va rejoindre Luigi qui s'est donné la mort un mois plus tôt.

Elle attend encore un peu, puis noue son foulard sur sa tête, ajuste ses lunettes noires et saute dans un taxi. Direction le Plaza Athénée.

C'est là qu'elle avait passé sa première nuit d'amour avec Luigi, le jour même de leur rencontre. Un coup de foudre. Comment ne pas succomber au charme de ce chanteur brillant, passionné et beau comme un poète maudit ? Avec lui, elle s'était sentie cultivée, intelligente, à l'écouter parler, penser. Ils avaient fumé les mêmes cigarettes et, après de longues étreintes, il avait tout juste eu assez de force pour lui murmurer quelques notions essentielles de philosophie. Avec son accent italien, il évoque la théorie de *Sein zum Tod* de Heidegger, « l'être pour mourir ». Naître pour mourir, pense-t-elle aussitôt. Luigi lui sourit, caresse sa joue. « Nous sommes des funambules, lui dit-il. Nous marchons sur le fil tendu par la naissance en direction de la mort, et pourtant nous avançons, il est là, le courage de l'être humain, c'est sa grâce même. »

Dalida boit ses paroles. Puis elle sourit. « L'être ne va pas en direction de la mort, mais de l'amour... »

Luigi la dévisage, frappé par l'intelligence fulgurante de cette chanteuse dont il découvre les contours de plus en plus subtils. Il l'embrasse, il acquiesce. Ils vont désormais tous les deux dans cette même direction.

Si je n'y avais jamais pensé sérieusement, cette ultime liberté de mettre fin à ses jours me semblait parfois comme un luxe, une vitre à briser en cas d'urgence. Non pas que le suicide ait hanté ma vie jusqu'alors, mais il m'apparaissait comme une porte que je pouvais fermer sur la douleur du monde. Du royaume des enfants tristes avait survécu une princesse mélancolique qui, parfois, replongeait dans l'absurdité de la vie. Pourquoi aller de l'avant quand on sait ce qui nous y attend ? Pourquoi respirer quand le souffle ne se reprend pas, notamment après une rupture amoureuse ?

Depuis la naissance de ma première fille, pourtant, j'avais souscrit un pacte avec moi-même m'interdisant la possibilité de mettre fin à mes jours. Pendant l'accouchement, la sensation me traversait, en même temps que le petit corps de mon nourrisson, que la vie était plus forte que tout. Mon petit moi ne pourrait jamais plus envisager de mettre fin au grand Tout.

Mais dès que j'ai commencé l'écriture du scénario de *Dalida*, j'ai été à nouveau comme poussée vers la tentation de la mort.

À peine avais-je entamé l'écriture que je découvrais que j'avais contracté une maladie rare qui imposait, en urgence, un traitement assez lourd. Ce que je ne savais pas, c'est que ce médicament avait pour effet secondaire d'atteindre la partie illuminée de mon cerveau. J'ai été très vite prise dans un tourbillon noir, une décrue d'anticorps qui m'enterrait un peu plus chaque jour alors que ce foutu médicament était censé me ramener à la vie. J'écrivais la détresse de Dalida et je plongeais en même temps, toujours plus profondément, dans la mienne. Je rejoignais mon héroïne par un biais chimique et en venais à la comprendre. Ce qui m'apparaissait comme insensé au début de mon travail, son suicide, se manifestait comme solution unique après un mois de traitement.

Ni l'amour de mes proches ni la beauté de la Corse où j'avais commencé d'écrire ne pouvait entamer mon désir de baisser les bras, me laisser partir là où nous allons tous, et d'où je venais probablement, un néant agréable et doux où tous les êtres sont enfin délivrés de leur corps, mettant fin à cette absurde routine.

Les personnes qui n'ont jamais approché cette mélancolie dévastatrice ne peuvent imaginer à quel point elle est réelle quand on la subit de plein fouet, continuellement. Il y a des noms pour ça, la dépression étant le plus commun. Mais les mots vident parfois les sensations. Être en dépression, c'est avoir peur de perdre les pédales en même temps que la subtile envie de lâcher la rampe. Un toboggan géant à l'aqua-boulevard de la mort.

Si j'avais compris d'emblée que cette dépression était liée à la chimie du traitement que je suivais, je pense que j'aurais tout arrêté. Et serais restée avec la mort dans mes cellules. Mais cette vague de mélancolie a été suffisamment sournoise pour que je l'impute, un temps, au sujet même de mon travail. Je pensais que Dalida s'incarnait en moi pour mieux me faire comprendre ce qu'elle subissait chaque jour.

Comme moi, Dalida possédait une maison en Corse, dans le même village. Comme moi, elle avait tout. Elle avait accompli son rêve artistique, elle avait une vie riche et amusante, pleine de rencontres et d'honneurs. Mais la tentation d'en finir, quand on n'a pas d'enfant qui nous impose l'avenir comme envisageable, peut surgir brutalement comme un monstre dans un conte pour enfants apeurés.

Je ne la jugeais pas. Je l'accompagnais dans son processus mortifère.

Au travers des vitres du taxi qui l'amène au Plaza Athénée, Dalida regarde le monde qui s'agite. Il n'y a pas encore de circulation et le taxi choisit de passer par les Champs-Élysées. C'est là qu'avait démarré sa toute première visite de Paris, le 24 décembre 1955. Sa première nuit de Noël loin de sa famille... La veille encore, elle s'appelait Iolanda sous le soleil de sa douce Égypte.

Giuseppina, sa mère, avait glissé dans sa valise une robe qu'elle avait cousue elle-même, une jolie robe blanche pour que sa fille n'ait pas l'air trop démuni dans cette grande ville qui ne lui disait rien qui vaille. Le destin lui arrachait son unique fille, qu'elle rêvait de voir devenir dactylo, mariée, maman, convenable.

Mais un jour de 1954, Iolanda sort de chez elle en secret, avec dans son sac un petit bikini en léopard qu'elle s'est confectionné, pour défiler parmi d'autres Cairotes au concours de Miss Égypte. C'est une belle revanche pour le vilain petit canard que ses camarades de classe appelaient « Quat-z-yeux » tant les verres de ses lunettes étaient épais. Opérée plus de cinq fois dans sa petite enfance, Iolanda avait dû porter des loupes qui déformaient son visage. Elle se trouvait laide. Sa victoire au concours était sa manière de sublimer le destin. Le canard s'était transformé en cygne à l'adolescence : jolie, plus que bien faite, elle avait désormais un corps de rêve, des seins parfaits et depuis que ses lunettes avaient rejoint le fond d'une poubelle, les garçons qui autrefois se moquaient d'elle tombaient amoureux.

La voilà en couverture d'un journal du Caire, arborant son bikini léopard et son sourire vainqueur. La plus belle, c'est elle désormais, même si sa mère doit en pleurer de honte. Sa fille à moitié nue dans le journal ! Le choc est si violent que Giuseppina décide de lui couper les cheveux.

Comme cette époque lui paraît loin maintenant... Une autre elle-même avait débarqué en décembre à Paris, fascinée par les lumières extraordinaires de la plus belle avenue du monde, un écrin de lumière sous les flocons de neige. Seule, un soir de Noël dans cette ville qu'elle ne connaissait pas encore, elle avait assisté à la messe de minuit, rendu hommage à la Vierge qui la protégeait depuis toujours et avait exaucé son rêve le plus fou. Devenir une star, internationale. Ce n'était pas une ambition démesurée qui l'avait poussée à partir si loin de chez elle, mais bien au contraire l'humilité d'accepter son destin. Elle avait alors choisi son nom de scène, Dalila. Mais très vite, ses amis lui avaient fait remarquer que Dalila est automatiquement associée à Samson. « Sans son », ce n'était pas très heureux pour une future chanteuse… Alors elle avait remplacé un L par un D, comme Dieu le père…

Son père. Son ombre. Le premier homme de sa vie. Disparu trop tôt.

Un matin de juin 1940, la sonnette retentit. Elle ouvre la porte. Des soldats anglais envahissent l'appartement, menottent son père et l'emmènent, au seul prétexte qu'il est italien. Donc fasciste. L'Égypte, pendant la Seconde Guerre mondiale, est placée sous protectorat anglais et les Italiens, alliés des Allemands, sont des ennemis. Il est déporté dans un camp avec d'autres Italiens. Iolanda n'ira voir son père qu'une seule fois dans cette prison abjecte où le merveilleux violoniste devient un homme de poussière. Incapable de rejouer de son instrument à sa sortie, quatre ans plus tard, il ne fait plus que hurler. Il devient violent envers ses enfants, et sa femme. Iolanda se met à haïr son père. Secrètement, elle souhaite qu'il meure. Et bien vite, son vœu est exaucé.

Porte-t-elle la trace de cette culpabilité ? Sûrement. Elle ne le sait pas encore, mais la perte soudaine de cet homme qu'elle aimait plus que tout marquera à jamais son destin amoureux. Les hommes de sa vie disparaîtront brutalement.

L'arrêt du taxi la tire de ses souvenirs. Ils sont arrivés devant l'hôtel. Un billet dont elle n'attend pas de monnaie clôture son dernier voyage. Le chauffeur est étonné. Il y a presque 10 francs de pourboire. Il a cru reconnaître Dalida, mais n'en est pas sûr. Derrière des lunettes noires et perdue sous un foulard, tout le monde peut ressembler à tout le monde, se dit-il.

Le registre des admissions est signé du nom de Gigliotti. On lui remet la clé de la chambre 76. Elle a réservé depuis plus d'une semaine. La vie sans Luigi n'offre qu'un néant. Elle veut le rejoindre au plus vite. Et donner raison à Heidegger.

Ses gestes sont méthodiques, précis, entourés d'un mortel brouillard.

Elle tourne la clé dans la serrure et accroche à la poignée de porte de la chambre le panneau « Ne pas déranger ».

Dalida ne veut pas être dérangée.

Iolanda veut mourir.

L'intuition est une chose difficile à décrire. C'est une voix, une idée, un éclair qui traverse l'esprit si vite que l'on ne sait jamais s'il faut l'écouter. Question dont ne s'est pas préoccupée la femme de chambre qui travaille au Plaza ce 26 février 1967. Malgré la consigne de ne pas déranger, elle ressent très précisément cet éclair qui lui impose le contraire lorsqu'elle passe devant la chambre 76. La lumière qui filtre sous la porte en pleine journée, le silence suspect, quelque chose lui ordonne d'entrer. Dieu ici est habillé en soubrette et prend sur lui de déranger. Il n'est pas encore l'heure pour Iolanda de le rejoindre, même si elle a déjà sombré dans un coma profond.

L'alerte est donnée. Les journalistes du monde entier accourent ; Orlando, prévenu très vite, est désemparé. Celle qui est tout pour lui risque de mourir. Elle est allée jusqu'à planifier sa mort. La vie qu'il lui offre, la vie de star qu'il ne cesse de construire pour elle a failli la tuer. Il s'en veut. Il connaît trop sa sœur pour ne pas comprendre l'origine de son geste.

Le suicide de Luigi Tenco à San Remo à la suite du concert qu'ils ont donné ensemble est évidemment la cause de son suicide à elle. Irréparable absence de l'être aimé, parti sans lui laisser un mot, juste une note pour expliquer son geste : « Je ne me suicide pas par dégoût de la vie mais pour montrer au public son manque de justesse dans ses choix artistiques »... Vanité qui détruit à jamais la vie de sa sœur.

L'intuition qui pousse la femme de ménage à ouvrir la porte me rappelle les miennes. Il y a, au bout du voyage avec Dalida, des réponses à mes questions. C'est cette certitude qui me pousse à me jeter dans ce projet. Rien d'autre. Je ne connaissais pas particulièrement ses chansons, j'ignorais tout de sa vie et, pour moi, elle était cette chanteuse un peu kitsch des années 1980. On dansait au son de sa voix dans des soirées disco, on la chantait à des mariages, mon intérêt pour elle s'arrêtait là.

Et pourtant je sens qu'elle me guide depuis que j'ai commencé à écrire. Elle s'écrit à travers mon stylo, guide mes doigts sur les touches du clavier de l'ordinateur posé sur mon petit bureau en fer bleu des années 1950. Ce bureau est le premier meuble que je me sois offert pour ma maison en Corse. J'avais repéré le bleu étrange de ce meuble insolite, alliance parfaite entre la couleur du ciel et celle de la Méditerranée. Je ne savais pas qu'il allait attendre deux ans au magasin, le temps des travaux.

Cette maison, ma maison, la première de ma vie, a deux fonctions. Être le lieu de rassemblement de mes enfants pendant les étés et devenir ce havre de paix si nécessaire au travail d'écriture. Quand j'y repense aujourd'hui, ma maison a une troisième mission : abriter ce petit bureau bleu sur lequel se redessine peu à peu la vie de Dalida. Lorsque je suis assise à ce bureau, devant moi se dresse un chêne magnifique au milieu du maquis corse.

J'ai l'intuition que Dalida veut me guérir en échange de la réparation que je lui offre. Car, je le sens, elle s'en veut d'être partie trop tôt. Et encore plus de ne pas avoir su dépasser le malheur de la solitude. Le script du film que je suis en train d'écrire parle avant tout de solitude. Une photo de Françoise Giroud me fait face, avec cette citation : « Libre, c'est le mot que l'on emploie pour les hommes. Des femmes en rupture de mariage ou de liaison, on dit qu'elles sont seules. »

On peut légiférer, parler de parité, de sexisme, de pourcentage de femmes dans les conseils d'administration, on ne changera pas cet état de fait. Les hommes sont libres et les femmes sont seules. Même si beaucoup d'hommes souffrent de solitude, l'image renvoyée par la société aux femmes qui n'ont ni enfants ni mari est d'une cruauté sans égale. Ces femmes sont souvent considérées comme ayant raté leur vie, puisqu'il est bien connu que réussir sa vie, pour une femme, c'est être mère et/ou femme de quelqu'un. D'ailleurs, en français, le même mot désigne la femme et l'épouse, alors que les anglophones prennent soin de différencier. *Woman* ou *wife*.

En France, la distinction existe d'autant moins entre les années 1960 et 1980. Les divorces restent rares et le statut de star internationale n'empêche pas Dalida de se percevoir comme ratée puisqu'elle n'est pas mariée. Elle se dit qu'elle doit avoir un défaut de fabrication, un défaut de normalité, c'est évident. Certes, elle n'est pas comme les autres femmes, elle a la faculté de chanter devant des salles combles malgré un trac infini, mais son éducation catholique lui fait aussi miroiter la face cachée de la médaille de ses succès. Elle ne se sent heureuse et vivante que dans le regard d'un homme, quitte à s'oublier en lui, parce que son cœur, trop sensible, est celui d'un enfant nu dans les courants d'air. Il attrape mal, et souvent.

Ses yeux blessés ont toujours fait d'elle un animal traqué qui n'a encore jamais trouvé de repos dans les regards alentour, sauf peut-être dans celui de son jeune frère, Bruno, fasciné par sa force et sa féminité. Celui qui prendra plus tard le prénom de leur frère aîné, Orlando, et qui sera son double, son ombre, son mentor. Il réparera l'irréparable et la fera exister, même après sa mort.

On dit souvent que sept ans, c'est l'âge de raison, auquel l'enfant quitte le gynécée, le giron de la mère, et se voit reconnu, identifié par le père. C'est justement lorsque Iolanda atteint cet âge que son père la quitte, pour ne revenir que cinq ans plus tard, le temps d'une brève année. Il ne la regarde plus, il est quasi mort déjà, tout à ses souffrances et à cette maladie qui le ronge, la solitude, contractée en prison et contagieuse comme une peste, que la jeune fille attrape par loyauté. Dans les yeux de son père, elle ne deviendra jamais une femme, elle n'existera quasiment plus. Elle disparaît du regard de son père et entre dans le cimetière de son cœur. Une mendiante affamée d'amour. Que celle qui n'a jamais mendié lui jette la première pierre.

Une autre mendiante écrit et la raconte sur son petit bureau bleu devant le chêne au milieu du maquis. Ce vide sidérant, je le remplis des histoires que je me raconte depuis mon enfance pour ne pas me perdre, comme les miettes de pain du Petit Poucet. D'ailleurs, l'image est amusante puisque ma mère a joué le rôle de la reine dans une adaptation cinématographique de ce célèbre conte. La voir dans le film m'avait confortée dans l'idée que ce que je vivais était « normal ».

En travaillant à Los Angeles, j'ai remarqué que les Américains utilisaient pour se présenter l'expression « *Born and raised* », littéralement « Né et élevé ». Le territoire est si grand qu'ils sont souvent nés quelque part mais élevés ailleurs. Quand la question se posait pour moi, je pouvais dire où j'étais *born* mais ne trouvais pas de réponse à la question du *raised*... Élevée ? Dans mon souvenir, avant l'âge de huit ans, je n'ai pas de chambre d'enfant. Je vis dans des dortoirs de pension, mes parents ne m'élèvent pas, ils me prennent pour les vacances. C'est une autre époque où il est chic de mettre ses enfants en pension. Plutôt qu'élevée, je suis déplacée, replacée. Un objet, une chose. Difficile de faire monter les enchères sur un tel objet... Alors la moindre attention du moindre mâle est vécue comme un rayon de bonheur. Jusqu'à la chute. Tomber amoureuse, pour Dalida comme pour moi, c'est avant tout tomber.

Dalida a perdu son père à douze ans. Moi, j'ai retrouvé le mien au même âge. À nous deux, nous aurions tracé une ligne de vie continue. J'avais donc douze ans quand ma mère a rencontré un homme avec qui elle voulait refaire sa vie. Je déteste cette expression insinuant qu'une femme sans homme aurait une vie défaite. Ce nouvel homme avait l'intention de vivre en Suisse et ma mère voulait l'accompagner. Il était donc entendu que nous allions déménager du côté de Genève et repartir en pension le temps que tout se stabilise. Je venais à peine de refaire ma vie moi aussi, qui jusqu'à présent avait été plus déchiquetée que défaite dans les différents pensionnats dont j'avais essuyé les bancs et surtout les dortoirs. Un dortoir, c'est un ensemble de lits dans lesquels dorment des enfants à qui on ne raconte jamais d'histoires avant de les coucher, qui ne reçoivent jamais la chaleur douce et rassurante d'un câlin ou d'un baiser. On les laisse s'enfoncer dans la nuit sombre et solitaire pour se reposer d'une vie qui n'a de sens que biologique. Ils sont les vagues sans écume d'une mer qui les rejette. Des objets rarement trouvés.

Des sons que personne n'écoute. Ils vivent sans pourquoi et surtout sans pour qui.

À neuf ans, on m'avait fait revenir. J'avais enfin intégré un foyer, la maison que ma mère venait d'acheter. J'avais enfin eu la joie de décorer une chambre dont on me disait qu'elle était à moi. Et à peine trois ans plus tard, il fallait que je la quitte à nouveau. Pour retourner en pension.

Je sens, je sais à ce moment que je ne peux physiquement pas retourner en prison, pardon, en pension. Je refuse de me rendre à l'évidence qui se dessine devant moi. Je vais devoir quitter ma mère tout juste trois ans après l'avoir retrouvée. Il faut que je trouve une solution. Et c'est mon père.

Nous nous connaissions, au sens où nous avions fait la connaissance l'un de l'autre pendant les officiels week-ends bimensuels où il nous déposait, mon frère et moi, chez sa mère, notre grand-mère. Mon père aimait la fête, les filles et les boîtes de nuit. Nous étions mieux chez sa mère, à une époque où les pères célibataires n'étaient pas très à la mode.

Quand ma mère m'a dévoilé son projet de me réinscrire en pension, j'étais en vacances au Maroc avec mon père, au Royal Mansour de Casablanca. J'ai été tétanisée à l'idée de glisser de nouveau mon corps entre les draps de l'enfer. Les amis de mon père me manifestaient de l'intérêt, me regardaient comme une personne importante : « Comme elle est mignonne ! En quelle classe es-tu ? Tu as un an d'avance ? C'est bien. » Autant de mots qui réveillaient enfin en moi un brin d'ego jusque-là enfoui sous le bitume de l'indifférence.

En rentrant d'un rendez-vous, mon père m'a trouvée prostrée dans la chambre qui communiquait avec la sienne.

« Maman veut que je parte avec elle en Suisse. Mais en pension. »

Je me suis mise à pleurer. Désemparé devant ma douleur qu'il percevait comme la sienne, il a soudain envisagé la perspective de partager son quotidien avec moi. D'un coup, il a oublié son envie de liberté, son habitude du célibat. J'ai eu le sentiment d'être un de ces chiens de la SPA qu'on regrette de ne pas avoir eus tout bébés.

Entre les grilles d'une pension même pas dorée et l'incertitude de la cohabitation avec cet homme, je n'ai hésité que quelques secondes.

Ce coup de fil qui a changé mon destin et l'histoire de ma vie reste en moi comme un instant décisif. Quand j'ai annoncé à ma mère ma décision de ne pas la suivre, par téléphone, elle m'a répondu : « Bon, comme tu veux. »

Le vent glacé de sa déception venait de couper le cordon fragile et si peu ombilical qui me reliait à elle.

Nous sommes à Casablanca pour reconstituer les rues du Caire. Celles de l'enfance de Dalida ainsi que celles de son dernier triomphe. Le tournage de son enfance me ramène à la mienne, car nous logeons juste à côté de l'hôtel où j'avais fait bifurquer ma vie avec ce coup de fil. Hasard ou coïncidence ? Un coup d'épée dans le marécage de mes souvenirs. Dalida vient se baigner à mes côtés, dans le lac assagi de mon travail. Le destin m'apparaît parfois comme un dictateur auquel il est vain de vouloir échapper. Aurait-il été le même sans cet appel ? Serais-je devenue cinéaste si j'étais repartie vivre avec ma mère ? Serais-je ici à faire ce film ? Le décor que j'ai choisi pour tourner la jeunesse de Dalida se situe dans la rue où habitait le père de mon père… C'est ce qu'il m'apprend lorsque je lui raconte ma journée. Comme si elle me forçait à retourner sur les traces de mes ancêtres.

Quand Dalida arrive à Paris, elle ne connaît quasiment personne. Mis à part ce producteur qui l'a repérée en Égypte et qui a payé son billet d'avion. Mais le film qu'il lui avait proposé a été annulé. Elle se retrouve seule dans une ville qui ne veut pas encore d'elle.

Elle court les castings, sans jamais être choisie, habite une petite chambre de bonne, à peine meublée, et partage souvent un œuf dur avec son voisin de palier, un certain Alain Delon. Ils se jurent qu'ils deviendront des vedettes et ne se plaignent que rarement de leur sort. Dalida a échappé à un destin de dactylo et lui, de charcutier; ils ne veulent ni l'un ni l'autre faire machine arrière. Ils n'ont pas d'autre choix que de percer, se faire connaître quelque part, mais où ? Par quelqu'un, mais qui ?

Georges Beaume, un agent célèbre, découvrira Delon. Lucien Morisse, le directeur des programmes d'Europe n° 1, Dalida.

À l'époque, la radio correspond à Internet aujourd'hui. C'est le cordon qui relie les foyers au monde extérieur. La récente station Europe n° 1 multiplie les directs, les concours, les feuilletons pour appâter chaque jour de nouveaux auditeurs.

En avril 1956, Dalida a eu le temps de passer de cabaret en cabaret. Elle a une belle voix et il faut reconnaître qu'avec son physique avantageux de brune plantureuse et son accent italien, elle ne laisse aucun homme insensible. Ses rêves de cinéma ont laissé place à une carrière de chanteuse. Un de ses nouveaux amis parisiens la présente à Bruno Coquatrix qui, sous le charme, décide de lui laisser une chance et l'inscrit au concours des Numéros un de demain.

Derrière le rideau rouge, Iolanda tremble. D'une main nerveuse elle porte à sa bouche la petite Vierge qui la bénit avant de chanter. Le présentateur annonce le prénom qu'elle s'est choisi. Dalida. Le rideau s'ouvre enfin et elle se trouve éblouie par les projecteurs, torture pour ses yeux fragiles. Le trac la glace, mais elle saute dans ce vide effrayant. Là, sur le devant de la scène, son rêve d'enfant prend son envol... Et la foudre frappe le cœur de Lucien Morisse. Le territoire de cet homme aussi réservé que timide est envahi sans bataille. Il se rend avant la fin de la chanson. Même le réticent Eddie Barclay intercepte ce frisson inespéré.

Lucien Morisse est marié. Pour se rapprocher de la jeune chanteuse, il n'a de cesse de vouloir fabriquer un tube pour irradier la terre de cette même foudre qui l'a touché. Sa quête s'achève sur *Bambino*, prévue pour une autre star de l'époque. Il se livre aux chantages les plus agressifs et aux coups les plus bas pour que la chanson ne lui échappe pas.

Eddie Barclay a bien entendu pris Dalida sous contrat. C'est le grand début du vinyle, qui vient d'être découvert en France, et les 45 tours commencent à tourner sur toutes les platines.

La technologie accompagne toujours les grandes révolutions humaines. Dalida est catapultée en tête des hit-parades et devient la star numéro un des Français. Toute la libido contenue de Lucien se déverse dans sa radio. À défaut de pouvoir lui faire l'amour physiquement, il envoie ses ondes embraser le ciel d'une France que Dalida découvre à l'occasion des nombreux radio-crochets organisés par Europe n° 1. Elle est partout, entre Anquetil et le général de Gaulle. L'Italienne née en Égypte est une Marianne pour la France autant qu'un idéal pour Lucien.

De son côté, Dalida attend, elle attend entre rires et larmes une déclaration qui tarde. Lucien voudrait divorcer avant de l'embrasser.

Il succombera avant, devenant son amant, son mentor, son tout à elle.

Il n'y a pas eu dans la vie de Dalida beaucoup de moments aussi heureux. Et chez une femme si sensible, à fleur de peau, le bonheur atteint des sommets inaccessibles pour le commun des mortels. À l'image de ses malheurs qui caressent les flammes de l'enfer.

En 1956, Dieu créa Bardot et Dalida. Les femmes s'ouvrent à une nouvelle vie, s'éloignent des règlements étriqués qui leur sont imposés depuis tant d'années. Ce souffle nouveau et féminin correspond bien à la nature rebelle de l'Italienne. Elle, qui ne s'est jamais soumise à aucun code, invente une mode, un style et répand l'amour qu'elle éprouve sur un pays qui se réveille tout juste des cauchemars de la guerre.

Deux ans plus tard, Dalida a près de neuf titres au hit-parade. Elle est devenue une star mondiale, enchaîne les tournées autant que les tubes. Elle prend l'avion plus souvent que d'autres le métro et ne s'épargne jamais. Elle oublie, un temps, qu'elle est une femme. C'est un tourbillon qui l'enchante et la laisse exsangue.

Un matin, fatiguée par les scènes et les décalages horaires, par les lumières et les questions redondantes des journalistes sur son statut de femme toujours célibataire, elle craque.

Le fort désir d'enfant vient déposer un grain de sable dans sa relation si bien huilée, qui glisse entre mondanités et carrière. Le divorce de Lucien est trop récent pour qu'il ait oublié le goût amer du mariage. Et puis, il a déjà une petite fille. Mais Iolanda est avant tout italienne, catholique, croyante par conviction autant que par intuition, soumise au poids des traditions. Une vie réussie est une vie de *mamma*, entourée de sa tribu d'enfants. Et Iolanda n'est pas du genre à brader ses rêves contre ceux de Dalida. Elle ne veut pas choisir entre ses deux personnalités, la face lumineuse, connue de tous et adulée, et celle plus sombre et timide qui rêve d'un foyer, d'une vie calme et rangée auprès de son mari et de ses enfants.

Mener une carrière de star et avoir des enfants est loin d'être en vogue à la fin des années 1950. Lucien commet l'erreur de ne pas entendre le désir de Iolanda. Il ne s'intéresse qu'à la carrière de Dalida, au travers de laquelle il brille aussi. Il en est l'artisan et pense à juste titre qu'une carrière se construit, se consolide, que les modes changent surtout depuis que la radio impose ses rythmes, effrénés pour l'époque. Il faut sans cesse de nouveaux tubes, de nouvelles stars, de nouveaux auditeurs. Du nouveau tout court.

Dalida fête ses vingt-cinq printemps. C'est une « catherinette ». On a inventé un nom pour désigner une femme de vingt-cinq ans célibataire. C'est dire à quel point ce trait est considéré comme anormal.

Le 25 novembre 1990, je me le rappelle précisément, je venais d'avoir vingt-cinq ans et le journal de 13 heures s'est ouvert sur un reportage à propos des catherinettes en chapeau aux couleurs extravagantes qui devaient implorer sainte Catherine de leur trouver un mari. C'était comme si moi, je passais à la télé, aux informations : j'avais vingt-cinq ans, je n'étais pas mariée et la France entière le savait ! Et ce n'était pas une bonne nouvelle : le journal de 13 heures n'est pas fait pour annoncer des bonnes nouvelles. Ma grand-mère juive algérienne me répétait depuis quelques années déjà : « Alors, tu vas rester le ventre vide ? » Comme une insulte. Je ne construisais rien, je vivais, je rigolais, je chantais, je dansais et personne jusqu'à ce maudit journal de 13 heures n'avait trouvé ça choquant.

Et puis la guillotine du quart de siècle a effleuré mon cou. Mon annulaire s'est senti aussi vide que mon ventre et j'ai rencontré un mentor. Un puissant du cinéma, qui avait repéré mon premier court-métrage et avait décidé de m'aider. Et de m'aimer. Comme le chante si bien Dalida, je me suis « sentie vivre » à ce moment-là, tout fusionnait, sainte Catherine, mon ventre enfin prêt à accueillir les futurs enfants de mon amant puisqu'il voulait m'épouser. J'étais heureuse, la vraie vie commençait.

Puis il m'a quittée. Brutalement. Retour aux draps froids et vides de mes dortoirs.

À vingt-cinq ans tout juste, traîne en Dalida une trace d'abandon, ce serpent venimeux qui se love dans les entrailles du doute et la mord sans qu'elle s'en aperçoive. Beaucoup de femmes, dont j'ai fait partie, ne se sentent vivre que par l'amour d'un homme. La peur de l'abandon est probablement le pire ennemi que les humains se sont créé pour ne pas s'aimer en toute liberté. La danse des amours contrariées peut enfin ouvrir le bal des malheurs. Le pain blanc est mangé, Dalida s'échappe, continue sa mission de soldat-chanteuse tandis que la ballerine amoureuse s'éloigne sur les pointes… Sans bruit, sans fracas, l'amour la quitte aussi sûrement que l'envie d'appartenir à quelqu'un d'autre la gagne. Quand Lucien lui propose de l'épouser, deux ans plus tard, l'heure est passée pour elle. Elle accepte malgré tout, malgré son départ dont personne, et surtout pas Lucien, n'a pris conscience.

Les mariages ressemblent souvent aux mariés. Quand elle était enfant, Iolanda rêvait d'une église, d'une robe blanche en dentelles et de fleurs d'oranger tressées dans les cheveux. Dalida dit « oui » à la mairie du 16e arrondissement, dans une robe-manteau à motifs de rideaux, entourée de journalistes qui « couvrent » l'événement. Car c'en est un. La presse est là, les radios, la télévision, tout le monde célèbre – enfin – la légitimité de ce presque déjà vieux couple. Cinq belles années de réussite et de succès qui ont hissé les deux époux au sommet de l'échelle des valeurs qu'ils s'étaient fixées.

Seul Bruno, le petit frère de Dalida, unique membre de la famille qui a pu faire le voyage, aperçoit la lueur triste dans ses yeux.

– C'est quoi, cette robe ?

Bruno connaît bien les rêves de sa sœur car il les a fabriqués avec elle, pendant des heures devant les miroirs en Égypte. Projetant en elle et avec elle la star idéale qu'elle devrait devenir. Il passait son temps à commenter les différents looks que la jeune Iolanda se fabriquait. C'est lui qui découpait les patrons qu'elle trouvait chic dans les magazines européens dénichés par miracle. Lui qui faisait en sorte qu'elle ressemble le plus possible à son idole, Rita Hayworth, lui qui insufflait en elle le courage de ne pas abandonner ses rêves quand elle remettait ses lunettes et se trouvait laide et grosse.

Bruno sait avant tout le monde que cette robe parme à grosses fleurs roses ne correspond en aucun cas aux rêves nuptiaux de sa sœur. Il anticipe sa tristesse alors même que tout le monde la félicite.

– Alors, dis-moi, c'est quoi, cette robe ?

– Tu n'aimes pas ?

– Non. Elle est triste.

Bruno la serre contre lui. Il a senti l'état d'esprit de son aînée, comme souvent. Lucien, quant à lui, est ravi. Il épouse enfin la femme de sa vie. Il est fou amoureux d'elle et n'a pas senti le vent tourner. Il est fier. Les flashs éblouissent les yeux fatigués de la chanteuse mais les photographes réclament un reportage à la foire du Trône, pour *Paris Match*. Ils réalisent quelques clichés sur des chevaux de bois... C'est bien de cela qu'il s'agit, un manège, un cirque pour la presse. Dalida a du mal à sourire, ses yeux presque éteints. Pourtant, au fond d'elle, il y a l'espoir que cette mélancolie ne soit que passagère, qu'elle retrouvera l'amour qui est en train de lui échapper. Tourne, tourne manège, tourne la roue du destin qui l'envoie faire la star au festival de Cannes quelques jours après.

Lucien, harassé de travail, ne peut pas rester. Il la laisse sur la Croisette avec Eddie Barclay, le roi de la nuit et de la fête.

Au festival de Cannes, tout est permis quand on est riche et célèbre… ou beau.

C'est le cas du jeune homme qui ne cesse de fixer Dalida, de l'autre côté du bar. Une beauté fracassante, une gueule d'ange, des cheveux blonds, un charme ineffable et des yeux bleu azur qui la dévisagent et la troublent.

Il est tard, la jeune femme est un peu ivre et le sourire de cet ange blond la transperce. Elle le lui retourne poliment. Le jeune homme approche.

– Vous dansez ?

– Jamais sur les rapides, lui répond-elle, aussi surprise que timide.

– Vous savez, je ne suis pas pressé.

Comme si l'orchestre avait entendu son désir caché, il commence à jouer un slow.

– Ce n'est pas votre jour de chance, lui dit-il en l'entraînant vers la piste.

Dalida ne peut plus dire non, et du reste cet homme si beau la confond. Sous les yeux soudains anxieux d'Eddie Barclay, elle se colle contre le jeune homme et se met à danser avec lui.

– Je m'appelle Jean. Jean Sobieski. Et vous ?

Le jeune homme ne sait pas qui elle est. Elle en reste presque muette, habituée qu'elle est aux interpellations constantes.

– Vous ne savez pas qui je suis ?

– Non, on vient de se rencontrer… Même si j'ai l'impression de vous connaître depuis toujours.

Ce jeune homme a l'assurance des grands dragueurs et la timidité d'un enfant. C'est plus qu'il n'en faut pour émouvoir la star.

– Je m'appelle Iolanda.

Elle choisit de ne pas lui révéler tout de suite son identité. Il saura bien assez tôt. Un pur moment d'anonymat à Cannes est un cadeau immense. Elle se sent alors regardée, aimée, choisie pour ce qu'elle est, non pour ce qu'elle représente. C'est un sentiment nouveau et exaltant dans lequel elle se perd, doutant toujours au fond d'elle de l'amour et l'intérêt que peuvent lui porter les gens. Avec ses questions naïves et son entrain d'adolescent, ce garçon la rassure.

Car c'est cela qui lui manque. Son adolescence, cette part insouciante et enjouée d'elle-même, sacrifiée sur l'autel de la gloire pour des disques d'or, idolâtrie au dieu cruel de la célébrité, ce mangeur de jeunesse autant que d'anonymat, ce monstre sacré qui a fait d'elle son double. Dalida en a assez d'être une idole et, dans les bras de ce garçon, elle renoue avec le simple fait d'être elle-même. Jeune et irresponsable.

Petite fille, elle a porté le poids de l'arrestation de son père autant que celui de ses affreuses lunettes. Elle était à peine entrée dans l'adolescence que son père revenait du camp, pour mourir au bout d'un an. Très vite, elle s'est destinée à devenir une star afin d'aider sa mère qui s'échinait des nuits entières devant sa machine à coudre pour subvenir dignement aux besoins de sa famille. L'insouciance n'a jamais fait partie de sa vie et, soudain, dans les bras de ce jeune homme, elle devient une adolescente qui n'a qu'à se laisser porter, griser et même aimer.

Elle a seulement quatre ans de plus que lui : aujourd'hui on ne l'appellerait même pas cougar. Ah ! cette manie d'apposer un mot désobligeant aux femmes qui aiment des hommes plus jeunes qu'elles. Alors que depuis toujours, les hommes choisissent des femmes de vingt ans leur cadette sans pour autant être rebaptisés ou qualifiés d'autre chose que d'hommes. Insoutenable injustice du plaisir qui, quand il est féminin, fait de l'ombre à la société tout entière.

Même s'il est un artiste peintre sans le sou, Jean Sobieski possède une beauté qui lui ouvre toutes les portes, même les plus sélectes. Lorsqu'il découvre cette féline brune aux yeux de biche, il décide d'en faire sa proie du soir, sans soupçonner qu'il met les pieds dans un plat qui ne lui appartiendra jamais. D'ailleurs, il s'en fiche. Comme toujours, il cherche à séduire la plus jolie fille de la soirée, la ramener chez lui, s'amuser jusqu'au petit jour, passer de beaux moments, et pourquoi pas avec des Américaines dans sa voiture française ou vice versa.

Cette Méditerranéenne contraste d'autant plus avec lui qu'elle a l'air d'être la reine de la soirée et danse divinement. Pour Jean comme pour Dalida, il ne s'agit que d'un flirt sans lendemain. Mais voilà. Le lendemain, Jean a envie de la revoir et elle se laisse prendre aux charmes slaves de ce jeune homme si cultivé. Elle vit trois jours d'insouciance qui sont peut-être le plus grand luxe qu'elle se soit octroyé depuis qu'elle est devenue célèbre.

À l'aéroport de Nice, ils savent qu'ils se disent adieu. Ils ne chercheront pas à se revoir à Paris. Air France connaît une grève ce jour-là et l'avion est retardé de près de cinq heures. Jean, en gentleman, lui fait alors visiter le vieux Nice qu'il adore. Ils marchent main dans la main dans les magnifiques ruelles de la vieille ville que le jeune peintre connaît comme sa poche et s'arrêtent déjeuner là où il a ses habitudes. Un petit boui-boui provençal où il est accueilli comme un enfant du pays.

– Tu les connais ?

– Bof. Mais ils m'aiment bien.

– Pourquoi ?

– Parce que je les aime bien aussi. Ils sont vieux, donc sages, et cuisinent bien. C'est ainsi que je conçois la vie.

Dalida tombe sous le charme de cet esprit bohème qui tranche avec l'ambition et le sérieux de Lucien ; Jean veut la séduire, la faire rire, lui faire l'amour. Il n'hésite pas à la plaquer le long des murs ocre et à l'embrasser comme un adolescent, se moquant bien de savoir si le joli tissu de sa robe parisienne en pâtira. L'amour leur tombe dessus comme le soleil de cette fin de printemps. Des photographes qui ont reconnu la star prennent des clichés qu'ils envoient à Paris, scellant un peu plus le destin qui commence à les unir.

De retour à l'aéroport quelques heures plus tard, ils sont amoureux. C'est en se disant au revoir, le cœur serré, qu'ils en prennent conscience. Dans l'avion qui la ramène à Lucien, Dalida savoure ses derniers instants de liberté, suspendus dans le temps autant que dans les airs. Le voyage en avion, pour elle, n'appartient ni au temps ni à l'espace. L'atterrissage va être douloureux, elle le sait et sirote les ultimes douceurs de la journée dans la lumière dorée qui illumine un peu plus sa chevelure.

1973. Non loin de Nice, au Cap d'Antibes, je passe des vacances avec mon père. Comme tous les mois d'août. Nous sommes à l'hôtel du Cap, à l'opposé de l'univers où je retournerai en septembre : Les Aulneaux, petite bourgade de la Sarthe, trois cent deux habitants au compteur, une classe unique de la maternelle au CM2, une seule enseignante pour les douze élèves du village. Le camion du boucher tous les mardis, celui de la bibliothèque tous les jeudis et puis c'est tout. Ah si, à douze kilomètres de là, à Mamers, l'usine Moulinex, connue dans le monde entier, fait la fierté de toute la région.

Ma mère nous avait déposés, mon frère et moi, une fin d'après-midi de septembre, pour la rentrée, chez une dame qui habitait le presbytère de ce village. Elle nous avait vanté la beauté du jardin et surtout du poulailler, où vivaient également des lapins. Mon frère avait coupé une rose magnifique pour l'offrir à ma mère, elle l'avait grondé en s'excusant auprès de la dame. « Demande pardon d'avoir arraché une si belle fleur ! » et puis elle était partie. Je ne suis pas sûre qu'elle nous ait jamais expliqué que cet endroit serait notre nouvelle maison, notre nouvelle pension.

J'ai passé une année somme toute heureuse à traire les vaches, chercher les œufs tous les matins dans le poulailler, manger du lapin que l'on tuait nous-mêmes et dont on arrachait le manteau, l'animal pendu par les pieds. Quand enfin j'avais eu le temps de prendre l'accent sarthois et de m'habituer à manger des rillettes maison au goûter, on revenait me chercher pour les vacances.

Et le mois d'août, c'était le mois de mon père. Il ressemblait à l'acteur Georges Descrières, l'Arsène Lupin de la télé et ma passion du moment, le gentleman cambrioleur chanté par Dutronc. Mon père adorait vivre grand train même si, une fois sur deux, il n'en avait pas les moyens. Il était joueur et demandait souvent au concierge des hôtels de luxe dans lesquels il descendait de lui avancer 10 000 francs. Ce qui lui était très souvent accordé. Dès que le soleil se couchait, il les jouait au casino et, lorsqu'il gagnait, il payait la note de l'hôtel et nous partions sans savoir que nous avions nous aussi été des enfants de gentleman presque cambrioleur.

Comme tous les enfants de pères célibataires un peu dragueurs de l'époque, nous étions souvent mis en avant quand une jolie fille venait le voir en lui demandant à qui étaient ces charmants bambins. J'aimais la fierté avec laquelle il répondait : « À moi. »

Et puis un jour, un homme d'une beauté incroyable apparaît au Cap d'Antibes, pieds nus, flanqué d'une jolie petite fille aux yeux bleus intransigeants. « C'est votre nouvelle copine, elle s'appelle Anouschka Sobieski. »

Lui, son père, c'était Jean Sobieski.

Il m'a marquée parce que, malgré mon jeune âge, j'ai senti le vent de liberté incroyable qui se dégageait de lui. Mon père, si beau et si brun, paraissait presque pâle en comparaison. Un jean très délavé, une chemise en jean également, ouverte sur un torse très bronzé, des yeux bleus perçants, et les pieds nus. Une rock star pour mes yeux de huit ans, une apparition, peut-être le premier adulte qui me donnait envie d'en devenir une moi aussi, un jour. Il riait, de bonne humeur. Sa fille également m'inspirait par son côté étrange et libre. Je crois me souvenir qu'elle a embrassé mon frère derrière un pin. Je la trouvais plus jolie que n'importe quelle poupée Barbie. Et puis intelligente. Elle savait des choses sur New York, le monde, la vie. Nous avons dîné tous ensemble. Ce souvenir d'une telle gaieté, comme un instant suspendu, j'aurais voulu le retenir. Et puis ils sont repartis et nous sommes redevenus des enfants.

Lorsque je préparais le film sur Dalida, Jean Sobieski était le seul de ses amants encore en vie. Je l'ai contacté et lui ai rappelé le souvenir que j'avais de lui. Il a ri, disant que cette époque-là était bien loin. Mais sans nostalgie. J'ai senti qu'il était heureux et reconnaissant de la vie qu'il avait eue, d'avoir eu la chance d'expérimenter autant de choses. Dont l'amour de Dalida. Du haut de ses vingt et un ans, il n'avait pas eu beaucoup d'histoires avec les femmes lorsqu'il l'avait rencontrée, et il s'était étonné qu'une femme aussi adulée puisse être un peu fleur bleue, timide dans l'intimité. Bien loin de l'image qu'elle donnait en public. Il m'a raconté aussi qu'il habitait à l'époque un petit studio non loin de chez elle, dans le 16e arrondissement, au rez-de-chaussée.

Il y avait une barrière qui protégeait son appartement et, pour gagner du temps, il incitait les filles qui venaient nombreuses à escalader le garde-corps. Plus tard, il leur attribuait des notes en fonction de la grâce avec laquelle elles effectuaient cette curieuse gymnastique. Il m'a dit que Dalida se prêtait au jeu avec délice, découvrant enfin les plaisirs de l'adolescence, sa rambarde et son petit studio un peu miteux.

Dalida a perdu la tête quand elle a vu Jean apparaître et je la comprends. Il avait une aura magnétique, quelque chose en lui qui affirmait que la vie était une mascarade dont il fallait tirer le maximum avant la révérence finale.

Le goût de Jean sur ses lèvres, Dalida débarque à Orly où elle n'arrive pas à embrasser Lucien, qui l'attend en jeune marié amoureux. Ces baisers au goût salé donnent à Lucien l'intuition du malheur imminent mais il décide de mimer l'amour.

Après Cannes, Dalida retrouve son appartement à l'image de son couple, vieux, sans joie ni avenir. Elle anticipe les dates de ses tournées comme autant de barreaux aux fenêtres de son âme. Elle essaie, un temps, de jouer sur les deux tableaux, n'ayant pas la force de quitter Lucien et encore moins celle d'oublier Jean.

Mais son honnêteté et sa franchise ne se satisfont pas d'une vie double qui la divise au lieu de la multiplier.

Les femmes n'ont la capacité de multiplier l'amour que pour leurs enfants, alors que les hommes savent souvent le faire pour leurs maîtresses. La mathématique des sexes se calcule en culpabilité, et la pomme croquée par la femme est son instrument de mesure. George Bernard Shaw disait : « Les hommes prennent une maîtresse pour rester avec leur femme. Les femmes prennent un amant pour quitter leur mari. »

Pourquoi est-ce si difficile de quitter un homme dont on sait, au fond de soi, qu'on ne l'aime plus ? Beaucoup de femmes que je connais ont manqué de ce courage-là jusqu'au jour où elles ont rencontré quelqu'un d'autre. La peur d'être seule ? La peur d'abandonner ? D'être abandonnée ? La peur du vide, dans une société qui ne valorise que le plein ?

Il y a chez les hommes une certaine sagesse à ne pas rêver plus que ce que la vie ne saurait leur donner. Ils savent intuitivement qu'ils finiront par se lasser sexuellement de leur femme, souvent parce qu'ils ne font pas l'effort d'explorer de nouvelles sources de plaisir à l'intérieur du couple. Alors ils partent en chasse, contenter une libido qui a besoin de stimuli extérieurs. Mais ils confondent rarement leur besoin avec l'amour ou la confiance, et ne cherchent pas à rebâtir une relation similaire à ce qu'ils connaissent avec leur femme, leur famille. Les femmes, dans leur grande majorité, n'ont pas ce sens de la diversité. L'homme de leur vie est un tout à qui elles reprochent, le moment venu, de ne plus l'être. Elles partent alors à la recherche d'un nouveau tout.

Les photos de Nice paraissent dans la presse. Un gros titre scandaleux, « Dalidadultère », l'infidèle. C'est tout juste si, dans le Paris des années 1960, on ne remonte pas des bûchers pour la brûler en place publique.

Elle pose ses clés sur la table dans l'entrée. Bien calé, sous le vide-poches, le journal dont elle fait la une. Et Lucien qui l'attend au bout du couloir.

– C'est vrai ? lui demande-t-il.

Il espère qu'elle va lui mentir. Lui cacher une vérité dont il n'a pas grand-chose à faire. Il sait que sa femme appartient aux autres, c'est lui-même qui l'a donnée au travers des ondes de sa radio à la France entière. Il peut supporter qu'elle aille voir ailleurs, un peu, discrètement.

Ce qui compte, c'est de préserver les apparences, continuer la route qu'ils ont bitumée ensemble en alignant les vinyles.

– Oui, répond-elle.

Comme devant le maire, un mois plus tôt. Mais ce oui-là l'engage autrement plus. Il veut dire : oui, je t'ai trompé ; non, je ne t'aime plus ; oui, j'en aime un autre ; non, je ne ferai pas semblant ; oui, on s'est trompés, non pas seulement à Cannes, mais depuis plus longtemps, depuis que je ne suis pas enceinte, depuis que je suis une star pour toi et non une femme, une maman, une épouse.

– Tu ne peux pas être plus discrète ? On vient de se marier, je te rappelle.

– Et c'est ça qui te dérange ? Mon manque de discrétion ?

Elle le défie du regard. Elle veut percer l'énorme abcès. Elle espère que Lucien, le pragmatique, le froid, le raisonné, l'adulte, éclate en mille personnes. Peut-être pourraient-ils – encore – les recoller.

La scène de jalousie n'aura pas lieu. Lucien est un rescapé de l'enfer de l'enfance, sa carapace ne peut se fendre malgré l'envie de crier qu'il a mal, qu'il se sent trahi, qu'il est prêt à tout pour qu'elle reste avec lui. Il voudrait lui dire et redire son amour pour elle. Il veut rester le patron, aux commandes.

– Qu'est-ce que tu veux que je te dise ? Que tu as l'air pitoyable au bras de ce baltringue ? Qu'il va se servir de toi et de ta notoriété pour se faire connaître ?

– Il s'en fiche d'être connu, *lui.* C'est un bohème.

Lucien tressaille enfin. Le mot « bohème », comme une flèche tirée dans son dos, un poignard entre les omoplates, le fait plier... Pour lui, un bohème est un bohémien, un va-nu-pieds, un profiteur dans une société que lui, le patron de radio, contribue à faire évoluer dans le bon sens avec des idées novatrices, des chansons contestataires, même... Rien à voir avec cette fange hippie, prétendument artiste, qu'il appelle le plus souvent « mange-merde », des hommes sans classe ni cohérence et, pis encore, sans ambition. Presque des parasites sur des ondes que Lucien voudrait parfaites.

– Un bohème ?!

Il essaye de lui rire au nez, d'être cynique, mais ne peut que la menacer.

– Méfie-toi, Dali, ce que j'ai fait, je peux le défaire.

Cette fois-ci, c'est elle qui se sent attaquée. Elle voudrait lui lacérer le visage avec ses beaux ongles longs et manucurés. Détruire soudain celui qui pense l'avoir créée, elle qui s'est sortie seule de son village natal, qui s'est fait une beauté après la laideur de son enfance, une notoriété par les milliers de concerts enchaînés sans jamais se plaindre. Mais sa violence se transforme en calme intérieur, comme l'Atlantique avant l'orage, grise et plate.

– Ce n'est pas toi qui m'as faite, c'est le public.

– Ton public, il écoute *ma* radio. Je claque des doigts et tu disparais.

C'en est trop pour Dalida qui refuse de se battre contre celui pour qui elle a encore une estime infinie. Elle peut comprendre sa souffrance et son désespoir, pardonner beaucoup d'horreurs qu'il pourrait lui dire, mais elle ne veut plus entendre un mot douloureux qui la ferait douter de lui, d'elle et surtout de leur amour passé. Elle préfère partir, le laisser là.

– Tu peux garder l'appartement.

Sa dernière phrase résonne comme un testament. Cet endroit, acheté avec les recettes de ses cachets, elle préfère le laisser et disparaître, sans compter. Ni meubles ni bibelots. Elle a de l'argent et se rappelle que cela sert, dans les moments où le plus vil pourrait refermer ses tentacules mesquins autour du peu d'amour qu'il reste entre eux.

Elle claque la porte et ne reviendra jamais.

Dalida qui n'a que vingt-cinq ans et s'imagine plus bohème qu'elle ne l'est. Certes, la vie bourgeoise et peu passionnelle qu'elle mène avec Lucien l'ennuie. Elle confond lassitude professionnelle et amoureuse. Avec Jean, elle se sent vivre, et découvre enfin le Paris des gens de son âge, les artistes qui galèrent, les intellectuels qui préparent la révolution. Elle aime s'habiller dans un style plus hippie, presque baba... Mais elle ne sait pas que les liens qui l'unissent à Lucien sont plus profonds qu'un iceberg sous la surface. Elle est partie sur un coup de tête, par besoin de se sentir femme, désirée, mais la petite fille en elle a toujours autant besoin qu'on la rassure. Lucien était là pour ça. Et il n'est plus à ses côtés...

La petite Iolanda refait surface. Dalida reste prisonnière de ses peurs et de ses angoisses de petite fille. On ne grandit pas du jour au lendemain. Et certainement pas en tombant amoureuse d'un gamin qui ne demande qu'à rester éternellement adolescent. Ce ne sont pas les histoires d'amour qui ne marchent pas. Ce sont les histoires que l'on se raconte pour justifier un désir qui se réveille. Difficile de se débarrasser du corps pécheur quand on a été élevée chez les bonnes sœurs. Et pourtant. L'amour n'a pas besoin de grand-chose, mais nos peurs nous emprisonnent souvent dans les murs que l'on se fabrique pour ne pas les affronter.

Je suis toujours fascinée par les gens qui racontent l'évidence de leur relation, le couple qu'ils forment comme si cela avait toujours été. Comme Dalida, je suis de ceux qui n'ont pas eu de chance *à ce niveau-là*. Parce que la chance, surtout *à ce niveau-là*, ça n'existe pas. Il se trouve que les relations amoureuses sont si bien faites que l'on rencontre ce que nous sommes. À l'intérieur. Et si Dalida a beaucoup travaillé, physiquement, professionnellement, pour oublier la vilaine petite Iolanda, c'est quand même celle-ci qui choisit les amants de la star.

Elle disait souvent : « Les hommes se couchent avec Dalida et se réveillent avec Iolanda. » Quand on cherche un homme pour combler une blessure narcissique, on tombe forcément sur un blessé narcissique. Et ceux-là sont armés jusqu'aux dents.

Ce n'est pas le cas de Jean. Mais il est si jeune que Dalida a besoin d'inventer une histoire intense pour l'entraîner avec elle dans ce tourbillon et lui échapper. Pour lui donner raison, il devient peu à peu sa chose. D'abord, elle achète une maison qu'elle choisit pratiquement pour lui. Il est peintre, il lui faut donc un atelier.

Il est bohème, il lui faut donc Montmartre où elle dénichera le lieu idéal pour abriter leurs amours encore sulfureuses.

Jean délaisse son petit studio, sa rambarde et les maîtresses qui l'escaladaient.

Il s'installe chez Dalida.

Un temps, ils essayent de vivre ensemble. Ils jouent au couple scandaleux, les paparazzis ne les lâchent pas d'une semelle. Jean, qui suivait des cours de théâtre en dilettante, devient célèbre, se fait remarquer et tourne quelques petits rôles au cinéma. Lucien ne fait pas de cadeaux à son ex-femme. Il a le bras suffisamment long pour l'entraver un peu partout. Le pouvoir, en 1961, est du côté des hommes ; ce sont eux qui tiennent l'économie du disque et les chansons de Dalida ont du mal à faire le poids face au mur solidaire des magnats du show-business. D'autant que le tsunami du rock se déchaîne.

Elle multiplie les tournées, s'absente de plus en plus. Jean se retrouve dans une maison bien trop grande pour lui, entouré de meubles qu'il n'a pas choisis. Et puis c'est un homme de la nuit, qui aime les boîtes, la fête et les filles. Quand ils sont ensemble, Dalida essaye de s'intégrer à cet univers qui lui paraissait si pittoresque au début. Mais elle est souvent épuisée, se lève tôt, voyage énormément. L'écart entre leurs styles de vie creuse la tombe de leurs amours adolescentes.

L'adolescence est un miroir bien tentant quand la vie d'adulte se fait trop encombrante. Quand je tournais *LOL*, je passais beaucoup de temps avec les adolescents du film, sortais avec eux même en soirée. À force, j'avais l'impression de faire partie de l'univers que je décrivais chaque jour sur le tournage. J'étais alors célibataire et passais mes soirées à écouter de la musique avec eux, à fumer des joints. Je revivais mon adolescence, que je savourais d'autant plus que j'avais la certitude d'un avenir radieux et une vie matérielle assurée. Au cours de ces pérégrinations nocturnes, j'ai rencontré un jeune homme, beau, drôle et bien plus jeune que moi. Après la journée de tournage, j'allais le rejoindre à Montmartre où il avait un petit appartement, au 6e étage sans ascenseur. On roulait des joints, on se racontait des blagues et on faisait l'amour. Puis il s'endormait vers 7 heures du matin, heure à laquelle un régisseur venait me chercher pour me conduire sur le tournage où je retrouvais « mes » ados acteurs qui n'avaient généralement pas plus dormi que moi…

C'était *l'éclate*… Pour un temps.

Après le tournage, j'ai continué de voir ce jeune homme et, de plus en plus, chez moi. Il travaillait peu, vivait surtout de ses allocs. Nous essayions d'écrire une histoire mais le décalage était comme un trou d'air en plein vol. L'amour était là, pur, sincère, mais ma vie était déjà trop fossilisée par mes responsabilités de mère et de metteur en scène. Nous simulions toutefois le couple normal, mes amis comme les siens feignant de ne pas remarquer la différence d'âge. J'essayais de ne pas trop me montrer dans les soirées de gala, aux premières de films et partout où j'étais susceptible de recevoir des félicitations pour un certain succès, afin qu'il n'en prenne pas ombrage. En fait, j'essayais de me diminuer pour qu'il se sente plus fort, moins jeune ou désargenté. Mes conversations avec Jean Sobieski m'ont appris que Dalida faisait de même avec lui. C'est une fonction presque maternelle, en tout cas féminine, que de vouloir protéger son amant et le mettre à la «place» de l'homme. Sous les draps, les choses sont plus claires qu'en surface. Et je vois souvent des femmes se rabaisser pour ne pas faire d'ombre à celui qui doit être le soleil du couple. L'allemand est la seule langue européenne où le soleil est féminin, mais dans les pays latins, où il brille plus fort qu'ailleurs, il est toujours masculin. La femme, c'est la lune, celle qui reflète la lumière... de l'homme.

Au cœur de la passion, on se dit que l'amour vaincra tous les préjugés. Mais vaincre est la fonction des armées, pas de l'amour. Les carrières sont des monstres amourophages, qui ne laissent d'autre choix que d'abandonner sur le bord de la route celui qui ne suit pas.

Dalida fait de son mieux pour intégrer Jean à sa vie, mais il faut qu'elle reprenne le contrôle d'une carrière qui commence à lui échapper. Elle a pris l'habitude d'être numéro un et supporte mal que les journaux, autant que le public, la maltraitent. Aux yeux de tous, elle continue d'être la femme adultère. Et puis, elle n'a plus sorti de tubes depuis un certain temps, et Lucien l'a prévenue que pour lui, elle était finie. Ce qui signifie que sa radio boycottera tous ses disques, et surtout qu'il ne fera plus aucune promotion pour un quelconque spectacle. Malgré tout, la chanteuse décide de « refaire un Olympia », la seule scène, à l'époque, d'où l'on peut reconquérir un public. Tous ses proches le lui déconseillent, pensant qu'elle se jette dans la gueule du loup et qu'elle ne pourra se relever d'un échec.

Elle s'obstine. L'Olympia devient l'arène de sa mise à mort. Mais peu lui importe. On a déjà vu valser des toreros après un bon coup de corne, et c'est ce qu'elle s'apprête, vaillante et solaire, à donner le soir de la première.

Comme pour mieux l'enterrer, un anonyme lui fait livrer dans sa loge une couronne mortuaire où il est inscrit « À la chanson défunte, vive Édith Piaf ».

Le grand soir arrive et le Tout-Paris est là. Sauf Jean, resté à Montmartre pour ne pas amplifier ce qui a déjà tout l'air d'un duel entre elle et Lucien. Presque un an après leur séparation, celui-ci est venu armé de sa nouvelle compagne. Derrière le rideau rouge qu'elle écarte à peine, la chanteuse a le cœur troué. Revoir son ex-mari au bras d'une autre n'est jamais aisé. Même quand on l'a quitté. S'ajoute à cela le trac d'un soir de première et le sentiment de jouer sa carrière sur un coup unique.

Le rideau rouge se referme. Dalida fait le vide. Elle inspire, elle expire, le souffle gonfle ses poumons pour que l'air trouve sa place ; inspire, expire, la vie ce n'est que ça. Le reste, du bla-bla.

Seule compte sa voix, chant primal, *come prima*. Le rideau s'ouvre, l'instant unique et prolongé du grand plongeon dans le vide, ses yeux sur les masques anonymes dans la pénombre, elle dans la lumière qui enveloppe la salle comble et comblée par sa voix. Plus rien n'existe que la voix, celle que Dieu fait chanter à travers son cœur.

Le succès est à la hauteur de son espérance. Une standing ovation mémorable et des détracteurs qui ne se rappellent plus avoir détracté. Fourmilière de mondains et de proches, de célèbres et d'anonymes, dans la loge après le spectacle, tout le monde félicite la reine de la soirée. Même ceux qui lui conseillaient de ne surtout pas affronter Lucien, qui fait justement son entrée, bon perdant et toujours accompagné. Ils s'aperçoivent, de loin. Lucien s'approche. Un silence s'installe autour de ceux qui formaient, une année plus tôt, le couple mythique de Paris. Chacun retient son souffle. Il la salue poliment, la félicite, elle le remercie tout aussi poliment. Ils se regardent et tombent dans les bras l'un de l'autre. L'émotion est à son comble. Ils ne peuvent pas ne pas s'aimer, ni même se détester. Ils restent collés l'un à l'autre, le mal qu'ils se sont fait s'évapore, buée de buée, quelques larmes au coin de ses yeux à elle, quelques gouttes dans sa gorge à lui, ils ne sont pas faits l'un pour l'autre mais l'un par l'autre. Agathe, la nouvelle compagne de Lucien, assiste un peu transie à ces retrouvailles qu'elle espérait peut-être moins chaleureuses. Il n'y a pas de place pour elle quand Dalida se tient près de son futur mari et elle a l'intelligence de l'accepter.

À Montmartre, Jean a tout préparé pour fêter dignement le succès qui lui a volé sa compagne ces dernières semaines. Dali n'était plus que l'ombre d'elle-même, travaillant sans relâche pour être à la hauteur de sa curée annoncée et redevenir la grande prêtresse de la salle mythique.

Il a mis les roses rouges dans un vase et le champagne au frais, faisant semblant de croire qu'elle allait revenir le sabrer avec lui. Dalida rentrera tard ce soir-là. Jean ne lui en fera pas le reproche, mais entre eux le charme n'opère plus. Lucien a repris une place dans son cœur, suffisamment grand pour chanter tout l'amour du monde, mais pas assez pour englober deux amours, même différents.

L'Olympia en 1961 est un pari gagné dans un Paris secoué. Les yé-yé sont au cœur des passions autant que la guerre en Algérie et, dans les boîtes de nuit, la jeunesse parisienne oublie tout avec le rock, se découvre une envie de vivre, d'exister. La sève de la jeunesse est enfin prête à exploser, adoptant une musique à elle après des années d'anonymat. Johnny et Sylvie s'emparent des magazines, les chansons font place aux tubes et Dalida ne sait pas, seule, sauter dans le train en marche, coincée entre son style dépassé et l'envie de se renouveler. Avec son petit bikini sur les ondes, elle se modernise tant qu'elle peut mais elle peine à lutter contre la vague médiatique des yé-yé dont elle ne fera jamais partie.

Jean s'est éloigné. Ils vivent toujours ensemble chez elle, mais un peu en colocataires. Il ne lui reproche plus son obsession du travail, elle le laisse sortir tard le soir et vivre cette jeunesse qui lui colle à la peau.

Bientôt, ils se séparent. Sans larmes, sans fracas. Il est temps qu'il quitte le nid douillet, rêve dépassé par les événements de la vie. Seule dans cette grande maison, Dalida grille des cigarettes et ferme souvent les persiennes. Ses yeux lui font mal, les projecteurs des scènes successives creusent peu à peu le fossé entre sa réalité trop sombre et les salles de concert trop éclairées.

Au-dehors, elle lutte, elle chante, elle rit, elle se montre sous son plus beau jour. Au-dedans, c'est un animal blessé, terré dans le silence assourdissant du vide et de l'espace de cette grande maison au lit si froid.

Le temps passe. Dalida, elle, se sent presque dépassée, lasse. Autour d'elle, les gens n'ont pas l'air de souffrir du même mal-être. Elle est découpée, morcelée, en attente d'une vie qui ne viendra jamais. Une vie simple au bonheur évident. Elle n'est bonne qu'à être une vedette.

Et la vedette la tue, lentement, à petit feu, nourrissant un monstre sauvage qui veut rayonner toujours plus alors que le petit animal en elle, blotti devant sa télé, le dimanche, a de plus en plus de mal à sortir du terrier de la solitude. Ce n'est pas de l'ennui. C'est plus fort et moins perceptible. Une incapacité à oublier le premier cri, à la naissance, qui hurle la douleur d'être projeté, seul, dans un monde dont on ne se rappelle plus qu'on l'a choisi.

Le baiser de l'ange, la marque de l'oubli, ce petit creux juste au-dessus de la lèvre supérieure... Une légende raconte qu'au moment de la naissance, un ange vient poser son doigt au-dessus de notre bouche, comme pour dire « Chut », et nous commande d'oublier le monde d'où l'on vient. Le paradis pour les uns, la lumière pour les autres, la source d'amour éternel pour ceux qui croient en un Dieu d'amour. C'est de cette lumière que Iolanda voudrait se nourrir, mais Dalida la gaspille pour ces milliers d'anonymes quand elle laisse la poussière de son talent dans le cœur de ceux qui l'applaudissent tous les soirs. Elle creuse un tunnel entre son âme et les autres, un passage entre sa vie et l'éternité. Prenez et buvez-en tous, ceci est mon âme offerte pour vous. Et moi, pense-t-elle dans la pénombre de sa chambre, et moi ? Qui nourrit mon cœur jamais touché, embrasé par une âme enfin sœur, par un homme enfin frère ?

La solitude, ça n'existe pas, chante Bécaud. La cendre file le long de ses cigarettes, un petit geste net et hop, elle la fait tomber dans le cendrier, parfois à côté. Elle souffle alors sur la cendre de son ennui. Quelque chose existe, plus tard, après la vie, pendant la vie même, cette vie qui n'est pas un hasard, parce que rien n'est un hasard, parce qu'elle a voulu devenir ce qu'elle est, et qu'elle y est, l'aventure ne peut pas s'arrêter là.

En chantant, elle disparaît et sa vie intacte, presque incréée, la traverse. Tout comme elle ressent la musique en elle, et le public qui l'écoute. Elle ne vit plus de séparation, elle est enfin unie à l'instant aussi présent qu'éternel. L'amour du public et le sien fusionnent, en une étreinte passionnée mais qui finit toujours. Comme avec ses hommes.

La finitude de la vie est une arnaque. Pour elle, il y a l'éternité à disposition et elle se reproche de ne pas savoir la saisir au vol, comme ça, pour rien, parce que la vie, c'est juste et beau. Elle ne veut pas être esclave des amours, des joies ou des peines, elle veut être libre d'aimer sans pourquoi, et même sans pour qui.

– Tu te poses trop de questions, lui dit son petit frère, Bruno, venu à Paris profiter des lumières de la ville.

Il veut être chanteur, lui aussi, et a du talent. Mais l'époque est cruelle avec les frères ou les sœurs des stars déjà installées. Il n'atteindra jamais le devant de la scène avec une sœur aussi célèbre. Celui qui a fait quelques disques sous le pseudo d'Orlando, prénom emprunté à son frère aîné, va très vite changer de carrière. Il préfère être le producteur numéro un que le chanteur numéro cent... Il propose à sa sœur de gérer sa carrière.

Eddie Barclay se voit dépassé par l'essor du disque et de la variété. Les vinyles, qu'il a importés des États-Unis en même temps que Dalida s'installait à Paris, font fureur et les chanteurs sont si nombreux qu'il ne peut s'occuper de tous avec autant de soin qu'il en a consacré à Dalida au début de sa carrière. Orlando, ex-Bruno, peut enfin prendre une place de choix, presque de roi, auprès de sa sœur. D'inexistant, il devient indispensable. Le duo va se mettre en route.

C'est bien sûr celle de l'Italie qu'il choisit en premier. Dalida a délaissé un public qui lui appartient pourtant de facto. Même si elle a tout fait pour parvenir en haut des hit-parades français, elle est italienne, et puis le monde entier reste à conquérir. Car Brunorlando voit loin, il voit grand et imagine une carrière sans frontières. Et l'Italie, c'est San Remo.

Chaque année, des stars internationales parrainent de jeunes premiers qui s'affrontent dans un concours dont les vainqueurs seront les stars de demain. Orlando sait que ce festival est la porte d'entrée de sa sœur dans cette Italie qu'elle a dédaignée jusqu'à présent mais qui n'attend qu'elle. San Remo est la chronique d'un succès annoncé.

Cependant, Dalida est fatiguée et n'a aucune envie d'aller en Italie. Pour elle, les combats se mènent en France : elle doit défendre son terrain face à l'invasion des jeunes. Elle refuse de perdre la proie française pour l'ombre italienne.

Déçu, Orlando décide quand même d'organiser un dîner avec le poulain qu'il a repéré. « Sans obligation, lui dit-il. Tu as de l'instinct. Si ce Luigi Tenco ne te plaît pas, eh bien on annulera. » Dalida n'aime pas sortir. Elle préfère recevoir chez elle, même pour ce dîner dont elle n'a que faire. Elle dresse la table. Une nappe simple, en coton légèrement brodé, elle ne veut pas passer pour une bourgeoise auprès du poète que son frère lui a décrit. Elle choisit en revanche de beaux verres à vin. Les poètes apprécient toujours le bon vin et sa cave en est pleine. Elle prend le temps de dessiner l'histoire qui va se dérouler sous le linge propre, les couverts en argent et les verres de cristal.

Quand elle lui ouvre la porte, elle est terrassée. Lui aussi, elle le sent. Elle en joue. D'habitude, elle ne minaude pas. Lorsqu'elle se sent vulnérable, elle se fait forteresse inattaquable. Elle veut tout de lui, et tout de suite, mais refuse que cela se voie. L'animal en face d'elle le sent immédiatement. C'est un homme à femmes. Très vite, il n'y a plus de dîner. Il y a eux, en bout de table, qui se parlent sans mots. Les mots, ils les laissent aux autres, ceux qui mangent en discutant possibilités, voyage, chansons et détails techniques.

Il a déjà les mains sur les touches de son piano et chante pour elle, mais pas pour se faire engager. Il veut lui faire l'amour, disent les noires et les blanches ; je te veux maintenant, pour moi et pour toujours, entend-elle. Ils ne dupent personne. Mais tout le monde fait comme si. C'est comme ça. On ne se met pas en travers de Dali quand elle a décidé d'aimer.

Il est tout ce qu'elle aime. La beauté, la sensualité et la poésie. Cet homme sait tout, il a tout lu et, pour la petite fille obligée de quitter l'école bien trop tôt, c'est plus qu'il n'en faut pour être renversée. La musique et les paroles, la mélodie de leur amour se joue sur une note qu'elle n'a jamais chantée. Elle se donne âme et corps. Ils sont faits l'un pour l'autre. La foudre qui s'abat sur eux n'annonce aucune tempête. Toute entière, elle est née pour vivre ce moment avec cet homme. Luigi Tenco, la pièce manquante de son puzzle intérieur de l'amour.

C'est peut-être ça, être romantique. Avoir une image prédéfinie, pressentie de ce que l'on va vivre… C'est croire qu'il y a un bon, comme d'autres croient au bon Dieu. Croire sans preuve, sans autre preuve que cet espoir qui fait vivre.

Pour moi, l'espoir tue. Pas comme fumer tue. Non, il tue un présent, un cadeau que l'instant et le réel nous font à chaque moment de la vie. L'inattendu, c'est le réel, disait Lacan. Avec des vies organisées électroniquement par des agendas qui nous rappellent à l'ordre du monde, des applications qui nous alarment sur l'état de la planète et le nombre de pas parcourus dans une journée, l'inattendu est allé se faire voir ailleurs. Le réel aussi, donc. L'époque est à l'anticipation, l'optimisation, la programmation du réel, amour compris, entre Tinder ou Grindr, selon qu'on aime les filles ou les garçons.

L'image préconçue de l'amour le tue dans son œuf. Quand on pense le voir arriver, avec ses gros sabots ou ses pantoufles de vair, on décide de le reconnaître avant même qu'il nous ait assuré de sa réalité. À défaut, on lui en fabrique une, on lui sert l'histoire toute faite qu'on s'est racontée pendant les heures de manque, élucubration de toxico. L'amour en préfabriqué, la maison Phénix pour tourtereaux pressés, incapables de suivre la prescription des seules pages réservées à l'Amour dans notre très chère Bible, le Cantique des Cantiques : ne pas « réveiller l'amour avant l'heure de son désir ». Le désir avant l'heure de son amour assassine le destin, et nous sommes les complices réjouis de cet homicide involontaire.

Je ne juge pas. J'ai tué autant qu'un serial killer, chaque fois pour les mêmes raisons que

Dalida. Vouloir aimer est un crime méconnu. Vouloir tout court, finalement.

On ne fait pas l'amour avec des gilets pare-balles.

Ils se cachent pendant les quelques semaines qui les séparent du concours. Ils font l'amour à l'hôtel, enregistrés sous un faux nom, à Rome où il habite, à Montmartre aussi. Mais elle n'aime pas le voir là où elle en a vu d'autres. Pour lui, elle veut du nouveau, car il est sa révolution. Il faut inventer la vie qui lui correspond. Elle se met à lire tout ce dont il lui parle, de Teilhard de Chardin à Heidegger, des poètes italiens, français, japonais. Grâce à lui, elle pose enfin des mots sur ses maux à elle. La solitude, le désespoir, l'amour, la vie, l'éternité, le bien et le mal, d'autres sont passés par là. Ce qu'elle chante, d'autres l'ont écrit. Elle se nourrit des livres comme une cheminée de petit bois. Son amour enflamme bien plus que son corps. Son esprit enfin trouve un confrère, et ils partagent en plus la passion de la musique. Elle admire ses paroles, si profondes, qui contrastent avec ce qu'elle fredonne, car elle ne peut plus appeler cela chanter. Ses paroles à elles sont simples. Elle oublie que c'est pour cela qu'elle touche autant le cœur des gens, elle oublie que c'est le but même de la chanson, atteindre cette cible communément appelée « public ».

Comme chaque année, elle passe Noël en famille. Mais pour le nouvel an, elle veut lui faire une surprise. Être à ses côtés, manger des lentilles porte-bonheur et l'embrasser sous le gui. Elle mélangera toutes les traditions pour s'assurer du bonheur éternel avec lui.

Le soir du 31 décembre 1966, il chante pour les bourgeois de Rome, leur insufflant ses poésies profondes et ses mélodies déchirantes. Il n'y a pas foule dans le petit cabaret. Dalida se fait toute petite, elle veut le voir sans être vue de lui, pour le surprendre à la fin. « Tu es venue me voir, égayer cette soirée que je trouvais si triste, moi qui suis noyé dans ma solitude en ce soir de nouvel an et qui tente d'amuser la galerie pour gagner ma vie ?... Merci, mon amour, merci de me surprendre à chaque fois, d'être là pour moi, même quand je ne m'y attends plus, merci d'exister, d'être toi... » C'est ainsi qu'elle a imaginé leurs retrouvailles.

Mais dans la petite salle, Dalida ne passe pas inaperçue. Les clients se retournent sur elle, ils en parlent entre eux, quelques personnes se déplacent même pour lui faire signer des autographes, et très vite Luigi sent que quelque chose ne va pas. Son public ne lui donne pas l'attention qu'il mérite, il se déconcentre. Puis il comprend ce qui se passe.

La surprise tourne au cauchemar. Elle est donc venue lui voler la vedette ? Elle sent le malaise et décide de sortir.

Luigi la retrouve, furieux, d'autant qu'il a bu. Elle s'excuse, lui demande pardon, elle ne voulait pas lui faire du tort... Iolanda se met à haïr Dalida. Prisonnière de son icône, l'amoureuse attend avec impatience le 26 janvier, jour de leur participation à ce satané festival, et après... Après, elle arrêtera enfin de chanter tandis qu'il sera la vedette. Enfin, ils trouveront un équilibre, elle sera une mère comme les autres. Lui, une vedette connue de tous, et elle, connue de lui seul.

Amours assombries par une éclipse permanente. Sans être une aussi grande vedette que Dalida, j'ai été confrontée à ce phénomène plus d'une fois. La fascination qu'on ressent envers les gens connus, officiellement sortis du lot des anonymes, fait souvent oublier qu'il y a une autre personne à leur bras qui mérite également d'être saluée. Bizarrement, comme dans le cas des viols, la gêne n'est jamais dans le camp du fautif, mais pour celui qui subit l'affront. Mon partenaire et moi, donc.

Comme si les choses n'étaient pas assez difficiles ainsi, il faut que la société enfonce le clou de l'anonymat, du « sans-dents » comme dirait l'autre, avec cette indélicate façon de dire à ceux qui ne brillent pas en répandant partout leur ego : « Vous n'êtes rien, là, au bras de cet astre que tout le monde vénère. » L'astre en question se sent généralement si peu brillant. Je ne vis pas le calvaire des abrutissantes pluies de flashs à chaque sortie de la maison, mais le peu que j'en connais fait déjà suinter une fine pellicule de honte. Alors il faut sans cesse devancer l'indélicatesse probable, présenter d'une manière peu naturelle son partenaire avant qu'il ne glisse dans l'ombre insupportable de son existence niée.

Comment être la femme d'un homme à qui l'on prend la lumière ? Une fenêtre obstruée par un immeuble ne verra jamais le jour, et même si le partenaire est un homme intelligent, le rappel permanent de son invisibilité sociale finit toujours par atteindre une part subtile du couple.

Belle ironie d'une vie dans laquelle ma fragile enfance était éclipsée par la notoriété de mes parents. « Dommage que tu n'aies pas d'aussi jolis yeux que ta maman ! » était probablement la remarque que j'entendais le plus, quand on n'omettait pas de me présenter. Petit animal retournant dans le terrier de mon anonymat, j'allais essuyer dans ma chambre la honte de n'être personne.

Je ne pense pas que cette situation m'ait poussée à faire du cinéma ni à vouloir être connue. Je savais l'enfer d'une vie à jamais éclairée, la célébrité comme un été nordique. Mais je me rappelle encore vivement le jour où je suis devenue quelqu'un. Plus seulement la fille de. C'était à Cannes, en mai 2006. Mon premier film, *Comme t'y es belle*, venait de sortir. Mon attachée de presse m'a présentée à une personne qui m'a adoubée par le grand sourire qu'on accorde à ceux dont le nom signifie quelque chose dans le métier. Ainsi, cet inconnu m'a baptisée au pied du tapis rouge du palais des festivals, mon nom de famille suffisait enfin, après quarante ans passés dans l'ombre.

Entendre résonner son nom dans le silence du monde, ce n'est pas rien. Dans toutes les religions, le nom de Dieu suffit seul à transformer la terre et les hommes. En saint ou en guerrier, peu importe, mais l'invocation d'un nom, le Nom, peut faire trembler l'univers.

Dalida oscillait sans cesse entre ses deux noms. Deux identités qui s'opposaient, comme des ennemis sur un étroit morceau de terre. Le nom, la personnalité, la personne et Jacques Dutronc qui chante *Et moi et moi et moi.* Dalida et moi savons qu'il y a un mystère à percer dans ce moi délivré de ses symboles. Il y a une pureté et une liberté à être enfin soi, mais la route est souvent longue et pour elle, malheureusement trop insupportable, comme elle l'écrit sur le mot qu'elle laisse juste avant de s'éteindre.

San Remo est une station balnéaire calme et authentique. Une riviera italienne parfaite pour abriter les amours clandestines de Dalida et Luigi. Ils arrivent séparément à l'hôtel Savoy. Personne alors ne se doute de la passion qui la dévore, pour ce poète béni par elle, maudit bientôt. Elle est la marraine de sa chanson *Ciao amore, ciao*, titre pour le moins prémonitoire, qu'elle devra chanter juste après lui, sur la scène exigeante du mythique théâtre de San Remo. Aujourd'hui comme à l'époque, le festival est retransmis par la Rai, plus de trente millions de spectateurs suivent ce programme.

Luigi n'a pas l'expérience de la foule, ni de la pression médiatique. Il supporte mal cet environnement falsifié et ce concours ridicule, qui lui rappellent son enfance houleuse, quand les critiques sur les bancs de l'école étaient vécues comme autant de banderilles dans les flancs de sa liberté.

Il est né pour être un artiste, profond et lumineux, qui déverse son âme entre les cordes de ses instruments. Le public qui le note et les projecteurs qui l'éclairent viennent violer les sombres recoins de son authenticité. Il endure avec peine cette fanfaronnade, détestant chaque minute qui le transforme en bête à concours, animal esseulé derrière des barreaux bien trop dorés pour lui. Dalida, harcelée par la presse, fière de défendre la chanson de son protégé, ne trouve plus sa place. La maman et la star ont du mal à apaiser le malaise de Luigi.

Il arrive sur scène épuisé, mal à l'aise dans son costume comme taillé sur mesure pour un autre. Il n'y arrivera pas et le sait avant même de s'approcher du micro. « Nous avons les moyens de vous faire chanter », semble ricaner le public venu pour le juger. Elle prie pour un miracle. Mais la scène est une arène cruelle où l'on siffle les artistes qui déçoivent. Il sort abattu, en colère. Elle veut le suivre pour le réconforter mais Orlando la rappelle à son devoir de marraine, elle doit faire honneur à sa chanson, sauver la face de ce disque abîmé.

Luigi est parti en trombe, perdant déshonoré d'un concours dont il ne voulait pas. Dès qu'elle peut, elle le rejoint.

La porte de sa chambre est ouverte, comme s'il l'attendait. D'abord, elle ne voit que les pieds au sol. Et puis très vite elle comprend. Le pistolet à ses côtés, le sang qui s'étale, lave brûlante d'un honneur perdu, c'est ce qu'il explique par un mot laissé sur la table de nuit.

Il ne veut pas d'une société qui ne comprend rien et prouve par son geste ultime que les concessions sont autant de pactes avec un diable mercantile.

Pas un mot pour elle. Le sang tiède et rouge de son amant tache la dentelle blanche de sa robe… Indélébile effroi aux couleurs du deuil. Comment survit-on à la mort de son grand amour ?

Catapultée dans les bas-fonds de sa solitude, Dalida meurt en même temps que Luigi. Quelques secondes après qu'elle l'a découvert, on l'arrache à lui, on veut éviter le scandale, on impose le silence, on la met dans le premier avion, on la fait disparaître alors qu'elle est déjà partie.

À Paris, sa cousine Rosy ne la quitte jamais, mais celle qui va mourir fait semblant de vivre pour ne pas qu'on l'empêche d'aller le rejoindre, un mois plus tard.

Je pense à Jocelyn. Nous étions devenus très amis pendant le tournage de *LOL*. Un acteur subtil et solaire, une âme frère, une amitié en barbe à papa, enfantin et léger. Lui et sa compagne venaient d'avoir un bébé, je les adorais, ensemble ou séparément. J'aimais le voir et le serrer dans mes bras. Il me rappelait que la vie, c'était gai, joyeux et absolu. Peu d'êtres sur la terre vous font l'effet d'une pinède de Sibérie en plein Paris. Rafraîchissant et solidaire.

Il m'avait accompagnée un après-midi à la Fnac pour acheter un GPS. Je lui avais confié l'impossibilité pour moi de les rejoindre un week-end dans leur maison de campagne à cause de ma folle peur de me perdre. J'ai tous les courages du monde, sauf celui de prendre la mauvaise départementale. Il paraît que c'est parce que les femmes viennent de Vénus... Jocelyn s'en fichait bien, d'où je venais, il voulait que j'arrive un jour à me déplacer sans peur sur la route, et probablement dans ma vie.

Il était ce genre d'homme rare qui aime fleurir l'autonomie des femmes.

Il est mort sur cette même route un soir de novembre, le lendemain de mon anniversaire.

Sa mort brutale m'a diffractée. Ma lumière en faisceau, ma raison en morceaux, j'ai voulu moi aussi faire cesser l'absurdité d'une vie dont on connaît la fin, le manque de suspense laissant soudain apparaître les contours de l'ennui dans des chemins perdus d'avance.

Invalide et hébétée, je ne trouvais de force que pour soutenir sa compagne.

Jocelyn n'était « que » mon ami et sa mort m'a plongée dans un tel abîme que j'ai, quelques jours plus tard, eu la tentation de le rejoindre. L'envie de mourir peut prendre comme celle de danser quand la musique est bonne. L'amour qui s'envole fait l'effet d'un trou d'air dans la routine de la vie.

Dalida voulait retrouver son amour bien plus qu'elle ne pensait à mettre un terme à ses jours.

Ce 26 février 1967, dans sa suite du Plaza Athénée à Paris, elle avale un à un les cachets qu'elle a préparés depuis plus d'un mois, destinés à la tranquilliser. Elle préfère se tranquilliser d'un coup net et propre, disparaître à l'amour comme certains viennent à la vie.

Comme un fantôme dans le Paris laiteux de cette fin février, le nom de Dalida glace les premiers acheteurs de nouvelles. Le petit bonhomme à casquette attire le client en scandant le suicide de la chanteuse. Retrouvée inanimée dans la suite 76 de son hôtel, sauvée in extremis par la femme de chambre, elle oscille entre la vie et la mort, dans un coma profond.

Soudain la chanteuse exotique et pulpeuse devient madone. On la prie, on la veut vivante, des milliers de lettres sont envoyées chez elle, et la France entière prend de ses nouvelles chaque matin aux informations.

Coincée entre le bonheur de retrouver celui qu'elle aime et le malheur de ceux qui la supplient de ne pas partir, Dalida hésite dans l'entre-deux-mondes. Dans le champ de lumière d'amour qui l'enveloppe enfin, elle hésite à repartir vers une solitude certaine. Les pleurs de sa famille contre l'amour de Luigi, son père et Dieu, un match a priori perdu d'avance.

Et pourtant. Une vague la rejette sur le sable de sa vie. Son suicide échoué, elle ouvre les yeux cinq jours après le naufrage, encore hébétée par ce choix involontaire.

Alors qu'elle rêvait d'avoir un enfant, elle accouche d'elle-même après s'être enterrée. Comment peut-on revenir à la vie quand on a eu le courage tout autant que la folie d'y mettre fin ?

Les stars ont la faiblesse de leur obsession. Croire au mirage de la célébrité comme preuve de son existence, c'est l'irréelle ambiguïté du désir d'être connu. Faire valider sa vie par les autres, comme on fait tamponner un passeport à la douane, prouve que l'on ne se sent chez soi nulle part. C'est la subtile nuance entre *je suis* et *j'existe*. La rencontre avec *je suis* n'est pas évidente pour tout le monde. Et si aujourd'hui les ateliers de méditation fleurissent un peu partout, à son époque, Dalida se sent bien seule dans la reconquête d'un soi dont elle a volontairement avorté. Alors elle cherche. Dans les livres, dans les rencontres avec ceux qui, comme elle et avant elle, sont passés par ce sinistre chemin, à l'ombre de leur vie.

L'amour l'a frôlée dans son passage vers l'au-delà et son retour sur terre lui offre une seconde chance de devenir enfin qui elle est vraiment. Pas vraiment Dalida, plus tout à fait Iolanda, un être hybride qui saurait faire de ses blessures un amalgame fertile.

Elle découvre les livres de philosophie, de théologie. N'ayant jamais suivi d'études, elle profite de sa convalescence pour se plonger dans le savoir universel. Elle est encore portée par les anges qui l'ont ramenée sur terre et ressent la légèreté de leur plume dans l'encre de la sienne. Elle se met à écrire, à tenir un journal comme un capitaine tient son bord, en avant toute, contre vents et marées, elle met cap sur la vie qu'elle choisit, pleine de sens, enfin, naviguant dans les ressacs incessants de ses interrogations.

À l'époque où je quittais mon mari, j'ai été prise de la même envie de retourner apprendre. J'ai lu des centaines de livres, qui expliquaient le pourquoi de la vie, la danse du masculin et du féminin, le besoin d'emprunter les chemins les moins fréquentés, le courage d'être soi, la liberté d'être vivant. Car le divorce est un deuil, même si l'enterrement permet de ranimer le corps et l'esprit.

Le couple entre souvent en conflit avec le véritable soi, un peu comme la célébrité. Il impose des choix à la communauté et ne se soucie guère de l'individu.

Comme des millions de femmes, je me suis égarée dans un mariage où je ne distinguais plus les contours de ma propre vie. Le nous avait tué le je. Je ne jouais plus, si ce n'était à faire semblant d'être enfin une femme, puisque j'avais un mari.

Les jours de garde alternée, où je n'étais plus la femme d'un homme ou la mère d'enfants, ces jours où je n'étais que moi – c'est-à-dire rien, pensais-je –, j'ouvrais la porte de mon domicile en l'appelant le tombeau. Le silence de sa vie sur le rien du monde, c'est une sensation atroce. Quelle femme peut-on être quand on n'est plus celle de quelqu'un, et que l'on n'a plus d'enfants à charge ? Nourrisson trébuchant sur les cailloux du monde, j'essayais de redonner une place à celle que j'avais abandonnée, dix ans auparavant, à la terrasse du café où j'étais tombée amoureuse. J'avais alors donné les clés de mes menottes, alliance funeste avec mon futur geôlier dont je pensais à l'époque qu'il allait donner du sens à ma vie.

C'est dans les mêmes lectures que Dalida que je me retrouvais jour après jour. Jung, Arnaud Desjardins, *Le Livre des morts tibétain*, Élisabeth Badinter et Simone de Beauvoir, et puis Jean-Yves Leloup... Les écritures des uns font les bonheurs des autres, torche éclairant les ténèbres de l'oubli de soi, lien d'encre et de papier avec ceux qui sont déjà passés par là.

L'humanité ouverte à son propre désastre, transcendant la fragilité de n'être que passante et, malgré tout, présente à cette absurde grâce. Rempart connecté aux neurones de notre solitude, la technologie nous protège « heureusement » de notre plus grande peur. Celle de n'être rien et de ne manquer à personne.

Mais à la fin des années 1960, il n'y a pas de réseau et encore moins de raison de ne pas craindre la solitude.

Dalida reste dans sa chambre des jours entiers, apprenant chaque jour que la vie est de retour. Depuis sa grande fenêtre qui domine Paris, elle sent le brouhaha de la ville pulser malgré elle. Le monde ne s'est pas arrêté, même si le sien ne s'est pas reconstruit. Ce no woman's land est une pause indispensable, un souffle à la fois inutile et vital, un temps suspendu entre l'inspire et l'expire, sans volonté ni désir. Pour la première fois, elle se laisse vivre. Car elle est déjà morte de ne pas se laisser vivre.

Dans une époque où ambition rime avec consommation, le laisser-vivre, pareil au laisser-aller, ressemble à une insulte. Pour Dalida, c'est un salut, une mue forcée, l'adieu aux âmes malheureuses et aux draps tatoués d'escarres d'une moribonde. On peut aussi réussir sa vie en ratant un suicide.

Chaque jour, une plaie en moins, chaque jour, un pas de plus. Le malheur est une drogue comme les autres dont il faut décrocher aussi humblement que de l'héroïne... un jour après l'autre. Oublier la montagne à gravir et ne compter que les pas qui, un à un, rapprochent du sommet.

Les Italiens sont des Français de bonne humeur, plaisante-t-on parfois. Pour Dalida, en ce début d'année 1968, l'Italie représente un rempart contre la mélancolie.

Elle accepte de remonter sur scène à Rome, une ville qui l'enchante. Ses vieux murs ocre, teintés de la lumière des empereurs et des amours passionnées, ses sons de cloches d'églises pour rappeler que Dieu est partout et peut-être même, amour.

Dans sa chambre d'hôtel aux meubles anciens, elle se prépare à renaître à la foule qui l'attend comme une madone rescapée de l'enfer. Sur son passage, les fans sont maintenant en pleurs, lui offrent des fleurs et des chapelets, prient pour elle.

Elle a accepté de participer à un grand concours et jeu télévisé jumelé avec la loterie nationale, « Partitissima ». Elle peut faire gagner des familles à la loterie et revient docilement tous les quinze jours passer une nouvelle étape du concours. Qu'elle gagne à chaque fois, emplie de cette lumière nouvelle qui traverse même les ondes de la télévision. Dans les coulisses, elle a croisé un jeune étudiant qui se fait de l'argent de poche comme figurant. Comme tous ceux qu'elle croise à cette époque, il a les yeux pleins d'amour pour elle. Mais il veut lui parler de Luigi. Ce prénom que plus personne n'ose prononcer devant elle, il le lui jette en pleine face entre deux répétitions. « J'ai tant de choses à vous dire », lui glisse-t-il en même temps qu'un recueil des plus belles poésies de Tenco.

Dalida hésite, regarde les mains tremblantes de l'étudiant et son sourire angélique. Elle lui accorde une petite entrevue.

Lucio, qui veut dire « lumière », étudie les lettres et la philosophie, il est passionné de poésie, notamment celle de Tenco. Elle se confie à cet inconnu comme à un jeune frère. Elle qui désormais ne trouve la paix qu'à travers les écrits de philosophie et de psychologie, ressent avec lui les mêmes frissons intellectuels qu'avec Luigi, qui la font trembler tout autant que ceux du corps. Elle s'attache peu à peu à ce garçon. Un jour, il l'embrasse. Sur la bouche.

Ce baiser plein de vie la ramène à la sienne. Et si elle n'était pas morte, finalement ? Par ce bouche à bouche inattendu, le jeune inconscient lui insuffle sa vitalité, comme on ranime un noyé. On n'est pas sérieux quand on a vingt-deux ans, et pourtant. Le jeune homme tombe fou amoureux de la chanteuse, de ses blessures autant que de sa lumière.

Couvert de neige et rempli d'amour, Lucio débarque rue d'Orchampt le soir de Noël. Même les guirlandes du sapin cessent de clignoter tant la gêne est perceptible autour d'eux. Bruno n'apprécie guère l'irruption du jeune homme dans leur intimité familiale. Lorsqu'il reproche à sa sœur de tout mélanger, elle lui rappelle sèchement qu'elle est chez elle. Après tout. Première dispute, qui signale que la force est revenue. Bruno quitte la maison de famille furieux. Entre le bœuf et l'âne gris de sa crèche, sous la protection de l'ange qui couronne le sapin, Dalida se laisse aimer de nouveau.

La guirlande multicolore recommence à clignoter pour cet amour improbable, arc-en-ciel électrique au-dessus de Montmartre.

J'ai toujours aimé les guirlandes de Noël et les crèches. Un couple mythique accueillant la naissance d'un enfant, les cadeaux colorés des Rois mages métissés, une étable et le souffle animal en guise de chauffage. Simplicité paysanne de la naissance d'un monde. J'aime ce bébé qui naît juif et meurt chrétien sans le savoir. Parfois je m'identifie, même. Née d'un Judas et d'une Marie, je connais bien le tiraillement entre deux religions. J'aime l'idée que la religion (étymologiquement: ce qui nous relie), pourrait être un pont entre Dieu et les hommes. Le problème, c'est que pour les femmes ce pont est suspendu au-dessus du vide et compte beaucoup de planches pourries ou manquantes.

Entre une vierge qui enfante, une prostituée repentie, des rabbins qui ne serrent pas la main des femmes et un prophète qui a épousé une petite fille, il est difficile pour une femme de se sentir vraiment sereine dans le monde monothéiste, où ce Dieu unique se dresse comme un rempart contre la menaçante et possible liberté féminine. Le corps des femmes appartient aux hommes, parce qu'elles portent leurs bébés mais aussi parce que c'est écrit dans la Bible... Ou vice versa.

A-t-on jamais tondu ou tué un homme parce qu'il aurait couché avec une Allemande ? Les sorciers nous intriguent, les sorcières nous font peur. Les professionnels ont toute notre admiration, les professionnelles tapinent dans la rue. La liste est longue, mais heureusement, le monde s'ouvre peu à peu à son autre côté (et non pas sa côte… d'Adam) féminin. L'évocation du féminin du monde reste difficile à comprendre pour beaucoup de gens, mais si, par exemple, j'avance que l'écologie serait le féminin de l'économie, alors quelque chose de neuf et d'évident se fait jour.

Évidemment, Dieu est bien au-dessus de la théorie selon laquelle les hommes viennent de Mars et les femmes, de Vénus. Mais force est de constater que ceux qui détiennent les clés du monde en pleine explosion sont des hommes.

L'histoire qu'on nous raconte depuis plus de cinq mille ans, celle du monothéisme donc, a formé les hommes à la peur et à la domination, leur faisant oublier la possibilité de l'Amour entre un homme et une femme. Les rédacteurs de la Bible ont bien senti qu'entre une nuit passée à vibrer d'amour dans le corps chaud d'une femme et une autre à psalmodier les louanges divines entre les murs froids des temples, il y aurait concurrence déloyale. Il fallait donc bien faire de la publicité mensongère ou diffamante. Tuer une bonne fois pour toutes le féminin sacré et se tourner vers ce Dieu unique et mâle, si juste et bon.

Jésus, c'est ce que je crois, était venu réparer l'erreur et sauver le féminin, mais il a fini cloué, nous léguant une vision d'un homme souffrant sur la Croix. Je comprends que cela n'ait pas donné envie aux autres hommes d'être féministes. Mais comme l'ont découvert de nombreux philosophes et psychologues, l'être humain est composé autant de féminin que de masculin, de yin que de yang, de cerveau droit autant que de gauche. Tuer le féminin du monde, c'est le priver de la moitié de son énergie. Difficile de fabriquer de l'électricité avec les seuls protons...

J'avoue me poser la question de l'utilité aujourd'hui de la religion... Un peu comme le Minitel à l'ère d'Internet, je la trouve obsolète dans un monde de synchronicité quantique où les neurones fraîchement découverts dans le cœur tendent à prouver la supériorité de l'amour sur quelque forme de raison. Le Dieu créé dans la superstition et la peur correspond-il vraiment à une société capable d'expliquer qu'un battement d'ailes de papillon peut entraîner un tsunami de l'autre côté de la planète ?

Ce Dieu-là est mort, comme l'a dit Nietzsche un peu trop tôt, et les enfants qui hurlent son nom en se faisant exploser sur les places publiques n'en sont que les derniers soubresauts.

L'amour du vivant le remplacera bientôt, mais nos cœurs glacés ont intérêt à fondre plus vite que la banquise pour y arriver. Et même si les femmes n'ont pas le monopole du cœur, elles en ont souvent l'intuition.

Dalida en est morte.

Comme un brin d'herbe trouve parfois la force de traverser le bitume d'un trottoir de ville, la lumière est devenue matière dans les entrailles de Dalida. Lucio, le presque enfant, l'a faite presque mère. Exauçant sans le vouloir le plus secret de ses désirs. Habituée au malheur, Dalida ne sait pourtant que faire de ce bonheur embryonnaire.

L'avortement n'est pas légal en 1968. Avoir un enfant sans être mariée, qui plus est avec un homme de douze ans son cadet, bafoue la morale, du point de vue chrétien sur la famille, le couple et la maternité. Dalida est croyante et ce tsunami déclenche en elle un nouvel accès de culpabilité, similaire à celui provoqué par sa propre mort programmée. Encore une fois, sa vie et celle de son futur enfant flirtent avec la mort possible.

Elle se confie à sa cousine et bien sûr à son frère. Les deux assurent que rien au monde ne saurait lui être plus profitable. Cet enfant, ce cadeau que le ciel lui offre, est une âme envoyée pour souffler dans la sienne.

Même si l'enfant doit naître dans les choux gras de la presse à scandale, Bruno se sent prêt à affronter les ragots. Cet enfant serait un peu le sien, comme il est presque chanteur à travers la carrière de sa sœur. C'est dans cet état de grâce et de doute que Dalida arrive à Rome pour la finale du concours, favorite du public, pour la plus grande joie de Lucio.

Elle retrouve le jeune homme qui la désire toujours plus et plus longtemps. Cette fois-ci, elle simule une fatigue, un problème… Qu'importe, la fougue du jeune homme fait aussitôt place à sa sagesse de philosophe en herbe. Il la couvre de baisers et lui rappelle à quel point elle est belle. Il rêve tout haut leur vie d'après le concours, quand il n'y aura plus d'allers-retours… Il se dit prêt à venir à Paris, à la suivre jusqu'au bout du monde. Pourquoi ne pas continuer ses études à la Sorbonne ? Cet établissement si prestigieux le fait rêver depuis son plus jeune âge. Avec son grand sourire enthousiaste et son amour immaculé, il illumine un futur simple et joyeux.

La nouvelle de sa paternité le ravirait si intensément. Dalida lui donne le courage d'être lui, fort pour deux, pour trois, pour mille. Mais de cela, elle préfère ne pas parler.

Plus le ciel s'éclaircit pour lui, plus il s'assombrit pour elle.

Le décalage entre eux lui apparaît soudain trop fort, trop grand, trop mauvais, trop fou. Sur scène, Dalida chante *Dan dan dan*. La chanson d'une femme qui ressent au plus profond d'elle-même une force nouvelle, le visage d'un enfant qui bientôt la réchauffera…

Lucio lui sourit, fidèle admirateur dans un public conquis. Elle a des larmes dans la gorge et le sourire triste de celle qui a pris la décision la plus grave de toute sa vie.

Elle a rendez-vous dans une ruelle anonyme et sombre où l'attend une faiseuse d'anges. Elle a prévu de ne pas vivre plus d'un an alors, sans rien dire à personne, elle laisse l'enfant qu'elle aurait dû mettre au monde finir la sienne dans une bassine anonyme. Illégaux et mal faits, à l'époque, ces avortements étaient comme des séances de torture.

Elle disparaît en ne laissant à Lucio qu'un mot, accompagné d'un chèque.

« J'ai dû partir et je te demande de ne jamais chercher à me rejoindre. Mais s'il te plaît, continue tes études, fais-le pour moi. Ne m'en veux pas. Notre amour ne peut survivre car il est trop différent de ce que le monde attend de moi. Et je n'ai pas la force de ne pas accomplir mon destin. Je sais maintenant qu'il n'est pas à tes côtés. Avec tout mon amour, Dali. »

Lucio ne comprendra que bien des années plus tard, à l'occasion de la sortie d'une biographie qui mentionne l'événement, ce qui s'est réellement passé. Respectant la requête de la chanteuse, il n'a jamais cherché à la revoir.

Dans un scénario, ce que l'on appelle « l'élément déclencheur » doit intervenir entre la première et la dixième minute du récit. C'est l'événement qui démarre et justifie le film. Dans *Pretty Woman*, par exemple, la rencontre entre Julia Roberts et Richard Gere vient symboliser leur mercantilisme bombardé par l'amour. Dans le scénario que j'ai écrit pour le film *Dalida*, cet avortement joue le rôle d'élément déclencheur de sa nouvelle vie après sa tentative de suicide. Le film est construit autour de ce point-là, ce moment où donner la vie aurait triomphé de l'envie de mourir.

Elle ne le sait pas encore, mais les sauvages qui l'ont avortée ont irrémédiablement abîmé ses trompes. Elle ne pourra plus jamais avoir d'enfant. Paradoxalement, et elle le sent de manière fortement inconsciente, la maternité est le seul rêve qui la tienne encore debout.

J'aime souvent imaginer ce que les Américains appellent les « *Whatif* », et je suis certaine que si Dalida avait gardé cet enfant, pris le risque de l'amour avec un homme plus jeune, à une époque où il n'y avait pas de mot pour ça, elle n'aurait jamais tenté de mettre fin à ses jours une seconde fois.

La responsabilité *ad vitam* d'un autre être aurait clos le débat post-mortem.

Le suicide est une forme de liberté d'expression comme les autres… sauf quand il laisse des enfants orphelins. Est-ce pour cela que j'ai eu des enfants si jeune avec un homme que je ne connaissais pas du tout ? Probablement. L'unique peur qui m'habitait, au tréfonds, était celle de ne jamais être mère. Je me savais capable de franchir toutes les autres rivières, dévaler toutes les sortes de ravins foireux que la vie mettrait sous mes pattes, mais ce Rubicon-là, je voulais ne jamais avoir à le traverser.

A-t-on le droit de faire des enfants comme des remparts à notre propre solitude ? Ce qu'on appelle l'horloge biologique ne serait-elle pas aussi une course contre la montre, contre notre finitude certaine et la peur qu'aucune âme ne vienne fleurir notre tombe ? N'être la racine d'aucun arbre peut couper l'herbe sous le pied.

Je m'étais mise en jachère pendant plus de six mois, mettant sur pause mon quart de siècle. Comme la terre a besoin de repos, j'avais décidé que le prochain homme serait celui qui ensemencerait mon désir d'être mère. Dussé-je attendre des années.

Sûrement par peur du vide, j'avais toujours su me fixer des objectifs auxquels je me tenais. Le bac, la maîtrise de gestion, puis le cinéma et enfin un court-métrage. Pour autant, je n'étais pas du tout prête à immoler mon rêve de maternité au nom de mes ambitions artistiques. Contrairement à Dalida, j'étais autorisée par mon époque à faire un enfant et mener de front une carrière. Les femmes avaient acquis ce « pouvoir ».

Je ne savais pas qu'il suffisait de vivre sa vie, je pensais qu'il fallait la décider.

Les philosophes d'aujourd'hui appellent cela le lâcher prise. Ce mot m'aurait fait frémir. J'ai décidé à l'âge où j'étais catherinette de tomber enceinte. Et l'homme que j'ai rencontré à ce moment-là était d'accord.

Mes enfants vont aujourd'hui quitter mon nid, vingt-cinq ans après. Je remercie tous les jours le ciel de m'avoir fait ressentir le besoin vital que j'avais d'être mère.

Les hommes ont l'honnêteté d'attendre d'être heureux en ménage avant de se lancer dans l'aventure de la paternité. Certaines femmes, dont je fais partie, n'ont pas les moyens de cette honnêteté. Nous obéissons à notre peur de n'être jamais mère et préférons nous fabriquer des raisons de croire. Dalida était sûrement plus honnête que moi.

Une rivière douce et tranquille, des larmes en décrue le long de ses joues, Dalida continue de lire. Tout juste se mouche-t-elle parfois. Rescapée et exécutrice du même crime, elle s'oublie dans les livres.

Son petit neveu vient parfois lui rendre visite, remuant le couteau de son sourire de lait dans la plaie de son ventre. S'il avait vécu, son fils aurait eu un an d'écart avec celui-là. Car elle attendait un fils, elle en est sûre. La culpabilité d'avoir une fois de plus trahi la confiance de Dieu assombrit son visage. Les larmes le creusent.

Les sons des instruments métalliques au plus profond d'elle-même, le sourire presque cynique qui la juge quand elle se rhabille. Et cette bassine emplie de sang. La honte rouge vient hanter ses nuits noires. Plus que jamais, elle laisse la lumière pour dormir. Par peur de perdre pied, elle se raccroche aux pages des livres qui l'empêchent de tomber. Que dit Freud ? Et Jung ? Est-elle hystérique ? Elle en a peur. Elle a bien fait d'avorter dans ce cas. Mais non, elle est normale et se rassure auprès de Jung, bien moins misogyne que son confrère. Avec lui, elle nage dans les symboles et les archétypes et, de livre en livre, elle découvre un jour celui du célèbre Arnaud Desjardins, *Les Chemins de la sagesse*. Le récit la fait voyager en Inde, où elle rêve de s'évader. Elle dévore le livre de Desjardins, festin littéraire pour star anorexique, assiste à l'une de ses conférences, munie d'un petit carnet de cuir bleu. La bonne élève prend des notes pour ne pas perdre une goutte du puits de science. Sa voix est envoûtante et lui dicte des mots simples. Quelques rais de lumière percent la culpabilité, les paroles d'Arnaud ouvrent enfin les valves de son cœur.

Dans la file des anonymes qui attendent l'eucharistie de la signature du maître, la star patiente. Son tour arrive et, sans même lever les yeux, il demande en prenant le livre qu'elle lui tend :

– C'est pour ?

– Dalida, répond-elle.

Coup de tonnerre dans une salle des fêtes.

– Si j'avais su, je vous aurais apporté un disque à dédicacer.

Politesse enchantée pour maître ébranlé. Il regarde le livre corné, les passages soulignés, une vie inconnue sur ses mots à lui. Ému, il dédicace. « Les chemins de la sagesse sont une des nombreuses voix. » Le *x* remplace le *e*, la voix de la chanteuse en miroir à la sienne, unies avant l'heure par sa dédicace. La foudre est tombée.

Quelques semaines plus tard, autant dire une éternité, ils se retrouvent sur le plateau d'une émission créée par Arnaud Desjardins, « L'invité du dimanche ». À l'époque où la télévision se résumait à une seule chaîne, sincèrement culturelle, ce rendez-vous était un must. Arnaud Desjardins invitait chaque dimanche une personnalité du monde politique, mondain ou religieux, généralement un homme, pour éclairer de sa sagesse un aspect de sa vie. Pour la première fois, il recevait une vedette de variété, considérée à l'époque comme la vulgarité ultime.

Pour Dalida, cette émission est un baptême, quasiment au sens religieux. La chanteuse acquiert soudain le statut d'intellectuelle à qui l'on demande son opinion. Comme à une philosophe. Sans tabou, elle raconte sa tentative de suicide et sa recherche du véritable sens de la vie. Le moment où elle a été morte. La sensation, décrite par tant de survivants, qu'une lumière d'amour nous attend tous au bout du chemin. Elle a compris que l'Amour, « le vrrrai » dit-elle en roulant les *r*, était la force ultime qui guérissait de tout et nous unissait tous. Une chemise blanche et simple, un chignon austère et très peu de maquillage : du jour au lendemain, l'image de la star pulpeuse change.

Arnaud et Iolanda tombent chacun sous le charme et dans les filets de l'autre. Lui devient sexy et elle, intelligente. Deux qualités qui n'étaient pas évidentes aux yeux de tous. Aux yeux de tous en revanche, il y a un problème majeur. Arnaud est marié. Très vite, son nom est éclaboussé dans la presse à scandale. Encore une fois, Iolanda, comme Arnaud aime la nommer, est rattrapée par la créature, le monstre, la star.

Une seule solution : tuer cette encombrante vedette, arrêter de chanter. La décision est commune, soulagement spirituel contre mise à mort médiatique. Ils décident de partir quelque temps en Inde dans un ashram pour consolider leur amour autant que ce choix.

Très vite, Dalida appelle son frère et lui demande d'annuler toutes ses tournées. Elle a besoin de se retrouver, de vivre son histoire d'amour avec elle-même et de se donner du temps.

Et si cette décision est imposée par le nouvel élan qui enflamme son cœur, c'est aussi un élan de survie, une pause nécessaire dans sa carrière. Chanter la joie et l'amour après tout ce qu'elle vient de traverser la scinde, la scie, la supprime un peu plus chaque jour.

Amoureuse et sage, elle arrive dans l'ashram de Channa, une paire de tresses et un simple poncho sur les épaules. Sans maquillage, les cheveux toujours attachés, elle veut se simplifier la vie, purifier son amour. Arnaud la prévient comme on prévient une enfant. Son maître, Swami Prajnanpad, ne la traitera pas en VIP. Ici tout le monde est logé à la même enseigne, seul le niveau de sagesse peut différencier les uns des autres. Dans l'esprit de Dalida, Arnaud, précurseur en Occident de la pensée du maître Swami Prajnanpad, n'est plus son fiancé mais son maître, au sens spirituel. Si elle veut progresser, elle doit tuer son ego et accepter les différentes pratiques de méditation, d'étude, et même les directives qu'il lui propose. Arnaud n'imagine pas quelle joie elle éprouve à cette idée. Ce monstre noir, avide de succès, d'argent, de reconnaissance et d'amour a déjà failli la tuer une fois. Elle est prête, ô combien, à s'en débarrasser. Elle ne demande qu'à disparaître. Elle se réjouit qu'Arnaud endosse le rôle de père protecteur, de l'adulte conscient et évolué.

Il a fait préparer pour le swami un concert de musique sacrée donné par les plus grands musiciens du monde, dont il a lui-même payé l'enregistrement à la salle Pleyel. C'est un cadeau inestimable qu'il a hâte d'offrir.

Il demande à Dalida de se montrer discrète sur sa carrière, le swami n'écoute jamais de variété et ne la connaît évidemment pas. « Ne te vexe pas », prévient-il.

Docile et amoureuse, Dalida va à la rencontre de ce swami dont elle a tant entendu parler.

Elle est d'emblée touchée par le sourire dans le regard du vieil homme en pleine santé. Ultrasensible, elle perçoit la qualité vibratoire de ce saint. Il l'accueille comme une des leurs, lui aussi touché par la pureté de cette femme dénuée de tout artifice. Il sait qu'elle a traversé depuis longtemps le miroir des illusions et la reconnaît presque instinctivement comme une sage. En un mot, il est bouleversé par cette rencontre.

Contrairement à ce qu'il avait pensé, Arnaud voit son maître s'incliner devant sa maîtresse. Le regard du swami lui offre un amour immédiat et inconditionnel, pardonnant sa folie, sa tentative de suicide, ses chagrins, son avortement, son adultère, ses tourbillons de star, ses solitudes de petite fille. Elle est vue au sens vibratoire.

Transfigurée par ce premier contact, Dalida comprend la beauté de sa vie. Une seconde passée auprès du saint homme l'a lavée de tous ses tourments. Ce qu'elle ne perçoit pas, c'est à quel point elle est proche de lui, son ego épais comme une feuille de cigarette.

Arnaud se retrouve presque en cinquième roue du carrosse, intrus, tant cette rencontre est forte. Il ne peut s'empêcher de ressentir une pointe de jalousie. Et d'incompréhension. Pour se rattraper, il décide de faire écouter son disque de musique sacrée, mais le swami l'arrête au bout de quelques secondes, presque agacé. Il ne veut écouter que Dalida.

Les yeux mi-clos, bercé par la voix suave de la chanteuse, époustouflé par sa musique, il a du mal à comprendre qu'elle veuille arrêter de chanter. C'est le contraire pour Arnaud, qui juge la carrière de chanteuse en totale inadéquation avec la vie intime et spirituelle de sa compagne. Le swami fronce les sourcils.

La vie et la mort aussi sont fortement incompatibles, répond-il, et pourtant l'un ne va pas sans l'autre. Tout comme l'oiseau a besoin de ses deux ailes pour voler, Dalida a besoin de ses deux aspects pour exister. L'ego se cache là où on ne l'attend jamais. Il faut parfois avoir l'humilité de ses dons, accepter d'être un envoyé de lumière et la répandre avec le meilleur de soi. Elle, qui ne fait qu'un avec le public, la musique et la chanson, s'approche plus de l'état d'éveil spirituel en chantant de la variété que n'importe quel sage qui essaye d'approcher la divinité.

« Tu es plus bouddha que moi », finit-il en éclatant de rire.

Arnaud vit cet épisode comme un affront. Il se sent nié, et même renié. Son ego touché au vif, il chavire dans le ressentiment. Une fois revenu dans leur chambre, sa cassette de musique sacrée dans les mains, il fait comprendre à Dalida qu'elle ne peut décidément pas s'empêcher d'être une star. Vexé que son maître ait pris si peu de temps et d'attention pour écouter sa musique « à lui », il se venge en distillant un doute profond chez sa compagne. Si elle veut vivre avec lui, elle doit être pure et lâcher son ego... Le désir de vedettariat n'est-il pas le comble de l'ego ? La chanteuse a beau s'excuser piteusement, elle réalise inconsciemment l'injustice de la situation. L'aigle s'excuse-t-il auprès du moineau d'être un aigle ?

Cet épisode indien, entre autres, a été à l'origine de mon envie de faire le film sur Dalida. Je me suis sentie soudain très proche de cette femme qui voyage jusqu'en Inde, prête à tout abandonner par besoin de se dépasser, de comprendre ce qu'il y a derrière le mur des illusions. Les métiers artistiques nous envoient tant de poudre aux yeux que l'on finit par ne plus distinguer l'horizon.

Ayant grandi dans un environnement de stars, ma mère bien sûr mais aussi ma meilleure amie à cette époque, belle-fille d'un célèbre metteur en scène, j'ai côtoyé des vedettes à longueur de temps et en toutes occasions. Pourtant, aucune d'elles ne m'a laissé le souvenir d'un humain épanoui, simple et heureux. Ces gens avaient tout ce dont je rêvais et leur tristesse, ou leur cynisme, me glaçait toujours avec la même violence. Quelque chose ne brillait pas dans ce métier de paillettes. Une dichotomie entre ce que l'artiste projette sur les autres et ce qu'il est, profondément, intérieurement.

L'épisode indien me permettait d'aborder le thème du faux sage, celui qui se prend au sérieux et veut guider les autres sur un territoire qu'il s'est approprié. La peur de devenir quelqu'un de moche m'a toujours poussée à essayer de devenir quelqu'un de bien. J'ai donc cherché tout au long de ma vie les différentes thérapies, spiritualités et gourous qui pouvaient soutenir mon existence dans ce star-système dépressif, voire nocif. Peu encline, par tempérament, aux aventures de globe-trotteur, j'ai pourtant très tôt bourlingué sur les chemins terreux de la psyché humaine, à commencer par la mienne. Rien ne m'a effrayé : thérapie freudienne, lacanienne, EMDR, hypnose, stage de verticalité, de clarté et confusion, PNL, yoga, danse des cinq rythmes, bouddhisme, méditation… J'ai adoré ce voyage au goût de paradis. Chaque fois, je découvrais un aspect de moi que j'ignorais. Et toujours je me rendais compte que je n'en étais QUE là. Et puis, lors de la projection du film, j'ai compris que là, c'était tout ce qu'il y avait à vivre, et à aimer.

Aujourd'hui, c'est écrit partout, dans les nombreux magazines de bien-être et de psychologie qui envahissent les kiosques. Ce n'était pas le cas quand j'ai commencé mes recherches.

Au bout de vingt ans, je pourrais résumer mes différentes quêtes à une constante. En matière de thérapie, seuls les gens doués d'humour sont de bons maîtres et ne chercheront pas à vous enfermer dans leurs doctrines prétendument ascétiques et justes. Le manque d'humour et de recul chez un « maître » est souvent le signe de sa propre incapacité à vous enseigner selon votre nature. Il y a des gens extrêmement brillants dans ces milieux, et certainement plus que dans le showbiz, mais parfois ils poursuivent le même but que les artistes. Ils veulent être connus, que l'on parle d'eux, vendre des milliers de livres et exister…

À l'inverse, le swami que Dalida rencontre est si simple et pur qu'il a ressenti instamment sa vibration d'amour, dans son être comme dans ses chansons. Arnaud Desjardins, quand il tombe amoureux d'elle, est trop occupé à imposer ses théories novatrices en Occident. Il les défend comme il peut des filets du star-système. Comme pour se protéger d'une passion qu'il pressent dévastatrice, il aveugle la chanteuse aux yeux fragiles de ses brillantes capacités intellectuelles.

Alors que ce moment de la vie de Dalida m'avait d'abord poussée à faire ce film, il est coupé dans la version finale... Ironie des montages qui font primer la vérité des histoires sur les phantasmes préconçus des metteurs en scène...

Les artistes doivent accepter de n'être que des canaux entre une idée et une création. Ils ne veulent (au sens d'une volonté raisonnée) finalement pas grand-chose. Ils se laissent encrer par une œuvre, comme on se laisse embrasser par un amant. Ils sont des serviteurs, des ponts entre deux rives. Rien de plus. Mais rien de moins.

Après son passage en Inde, Dalida réalise qu'elle *est* l'amour qu'elle rêve de connaître (auprès d'un homme). Si elle accepte de chanter à nouveau, ce sera pour incarner cet amour-là.

La vie simple a tracé un chemin clair. Quand elle rentre à Paris, Dalida veut chanter pour Iolanda. La petite fille qui souffrait en silence a trouvé une voix à offrir à ceux qui n'ont pas la chance de pouvoir s'exprimer... Le malheur peut aussi se chanter ou se danser. L'essentiel est de le partager et, par là même, de guérir ceux qui en sont, tout comme elle, atteints.

C'est donc naturellement qu'elle se tourne vers Léo Ferré, le chanteur à texte de l'époque. Compte tenu de sa réputation de cynique et de misogyne, le pari n'est pas gagné. Comme elle a l'habitude d'organiser des dîners tous les dimanches, pour tromper le cafard terrible de ce jour-là, elle l'appâte avec une dégustation des meilleurs vins qu'elle collectionne dans sa cave…

Léo Ferré arrive méfiant, repart conquis et un peu ivre. Il a rencontré une « dame », une vraie lady qui est devenue son « pote ». Car Dalida sait y faire socialement. Elle a compris qu'elle pouvait obtenir bien plus avec ses chaleureux dîners de *mamma* italienne qu'avec des contrats commerciaux.

Le marché est conclu. Elle chantera *Avec le temps*. Et puis aussi *Je suis malade* de Serge Lama.

Quand elle en informe Bruno Coquatrix, qui la supplie de refaire un Olympia, il tombe des nues. Il est persuadé que le public ne la suivra pas dans cette voie diamétralement opposée à ce qui a fait son succès jusqu'alors.

– Pourquoi changer une équipe qui gagne ? lui demande-t-il.

– Parce que l'équipe veut être plus proche de son âme, lui répond-elle.

Coquatrix n'y croit pas. Orlando propose alors de louer la salle. L'Olympia était une institution justement parce que Coquatrix produisait, donc assumait, toute la partie financière et logistique. Mais il n'a pas envie de perdre « sa » star. Il accepte et devient malgré lui loueur de salle. Sans le savoir, et grâce à la modernité et à l'ingéniosité d'Orlando, il vient d'inventer le business le plus rentable de sa vie. Dalida n'est pas une suiveuse, mais une précurseuse (j'en profite pour noter que le correcteur orthographique de mon ordinateur ne m'accorde « précurseur » qu'au masculin !).

Arnaud Desjardins, même s'il encourage ce changement de carrière, continue à vouloir la faire évoluer spirituellement, mais son esprit, d'habitude si placide, s'emmêle dans des sentiments contradictoires, pris dans l'étau d'un divorce houleux et de sa passion tumultueuse, tous les deux très médiatisés.

Il est bien plus compliqué d'avoir l'air d'un sage à la une de *France Dimanche* qu'à la Sorbonne. Il se montre souvent jaloux de la carrière de Dalida, comme d'un amant. Elle qui espérait avoir trouvé un homme à la hauteur de son âme se retrouve à lui donner la réplique dans des scènes de ménage pathétiques tout droit sorties d'une mauvaise pièce de boulevard.

Une nuit pourtant, un affreux pressentiment la saisit. Elle sent que Lucien va très mal et se réveille en hurlant. Quand son téléphone sonne, au matin, elle sait déjà quel drame on va lui annoncer.

Lucien Morisse s'est suicidé lui aussi, avec une balle de pistolet, dans la tête. Probablement des dettes de jeux, sauf qu'on ne joue jamais par hasard. Comme tous les hommes qu'elle a aimés, Lucien était fragile sous ses allures de patriarche. La nouvelle produit l'effet d'une explosion nucléaire dans une île du Pacifique. Alors que tout allait bien, qu'elle essayait de se reconstruire dans la sérénité et la sagesse, l'homme qu'elle aime le plus sur la terre, devenu son meilleur ami et son confident, part brutalement, d'une manière qui n'est pas sans lui rappeler sa propre fragilité.

En route vers le cimetière, elle aperçoit les gros titres qui inondent les kiosques parisiens. « Dalida : un nouveau drame dans sa vie. » Arnaud est furieux.

– C'est insensé, tu es divorcée depuis dix ans, mais c'est encore toi qui fais la une !

Une jalousie de trop. Au mauvais moment. Dalida descend de la voiture.

– Ce n'est pas moi qui ai besoin d'un guide spirituel, mais toi !

Elle part en claquant la portière. Veuve noire d'un mari qui n'était plus le sien. Sinon dans l'éternité.

La première fois qu'on m'a suggéré d'écrire *Dalida*, c'était en juin 2010. Un ami philosophe m'avait proposé de rencontrer Arnaud Desjardins dans son ashram, à Saint-Laurent-du-Pape. Celui-ci était tout à fait disposé à me parler d'elle. Et puis il y a eu des problèmes, des retards, j'ai dû repousser mon voyage et, finalement, le sage homme est mort durant l'été.

Quelques années plus tard, en pleine écriture du scénario, j'ai rencontré une femme qui avait été son bras droit pendant plus de dix ans. Lorsque j'ai évoqué Dalida, elle m'a souri et confié ceci: « Arnaud disait souvent que Dalida tuait les hommes qui étaient amoureux d'elle... même s'ils restaient en vie. »

J'ai souvent réfléchi à cette phrase pendant le tournage et elle m'a aidée à comprendre l'autre côté de la barrière. Celui des hommes qui, avec elle, ont été souvent confrontés à leur impuissance. Pas au sens physiologique, mais bien moral. Face à elle, ils se retrouvaient comme des petits enfants maternés ou des pères trop autoritaires.

Si pour certaines la féminité s'avère innée, pour d'autres, dont je fais partie, les données sont moins claires et souvent brouillées. Pour être avec un homme, il faut être une femme, lapalissade bien moins lisse qu'il n'y paraît. Être une femme, pour moi, signifie n'être plus blessée dans son enfant intérieur, être une petite fille validée ou légitimée en tant que femme par son père et sa mère. Ni abandonnée ni abîmée, regardée avec justesse à chaque étape de sa vie, notamment à l'adolescence. Pour avoir l'attitude adéquate envers ses filles, un père doit avoir parcouru un sacré bout de chemin lui aussi. Ces hommes-là sont rares. Par ailleurs, la petite fille blessée en quête d'amour réparateur se transforme souvent en femme maternante, voulant donner aux autres (hommes) l'amour qui lui manque tant… Rien de moins virilisant pour les hommes vite relégués au rang de petits garçons, situation d'autant mieux appréciée (dans un premier temps) qu'elle a été leur norme dans l'enfance... Pour peu que, comme Dalida, ils aient manqué de présence paternelle (c'est le cas de tous ses amants) et développé un rapport quasi fusionnel à leur mère, voilà le tableau idéal pour un déséquilibre annoncé.

Encore une fois, la question de la femme et du féminin se pose, la manière d'être au monde dans un féminin serein, sacré, comme les chefs indiennes. On reconnaît souvent cette dimension aux grands-mères, parfois aux mères, rarement aux femmes. Être libérée ne sert finalement pas à grand-chose quand on n'a pas les moyens émotionnels de (se) vivre libre.

Dalida n'avait pas besoin des hommes au sens matériel, mais amoureux. L'énigme était, pour elle comme pour eux, bien plus compliquée à résoudre que celle du Sphinx. En Égypte aussi bien qu'en France, le Soleil n'est pas habitué à vivre dans l'ombre de la Lune.

Arnaud a quitté sa vie en même temps que Lucien. Les deux valves de son cœur ne remuent plus que sur scène. La solitude, encore, a frappé à sa porte, comme la mort à celle de don Juan. Heureusement, Dalida entretient une correspondance avec le swami dont elle est restée proche. Il lui envoie cette courte histoire :

« Un jour, un homme affligé et triste s'en alla dans les montagnes pour tenter d'oublier son malheur. Devant l'immensité du paysage et confronté à sa terrible solitude, il se mit alors à hurler : "La vie est méchante." L'écho lui répondit : "... Chante... chante..." »

Chanter la libère et le public ne s'y trompe pas. *Je suis malade*, *Pour ne pas vivre seule* et même *Que reste-t-il de nos amours ?* emplissent la salle de l'Olympia. Chaque soir, une standing ovation... Contrairement aux prédictions de Bruno Coquatrix, ce répertoire lui fait gravir des sommets jusqu'alors inenvisageables. À sa popularité s'ajoute le respect des médias, des intellos. Iolanda existe enfin aux yeux de tous. Dans son malheur, elle se réunit.

Elle enchaîne les tournées et les voyages, chante dans toutes les langues, arabe, hébreu, allemand, japonais, anglais, serre la main de tous les chefs d'État, illumine le cœur de la planète... Le temps d'un récital, son malheur apaise ceux du monde et cet état de grâce la maintient dans une vie qui trouve enfin du sens.

Paris, dans ces années où l'on pouvait fumer dans les cafés, est la capitale explosive de la liberté de mœurs et de pensées, de la mode et de la vie nocturne endiablée. Fleurissent à cette époque toutes sortes de personnages hauts en couleur dont la capitale raffole, le temps d'une bulle de savon.

Richard Chanfray, alias le comte de Saint-Germain, est l'un d'entre eux. La télévision lui a consacré un reportage qui a fait grand bruit car il se prétend alchimiste. En direct devant les caméras, il a réussi à transformer du plomb en or, le célèbre magicien Gérard Majax a authentifié l'acte. Le Tout-Paris ne parle que de lui, certains dénonçant l'usurpateur, les autres s'amusant du dandy mystique.

Bruno-Orlando, qui connaît bien sa sœur, imagine une rencontre. Pour lui, l'Inde, le swami, l'alchimie et le yoga forment un tout aussi nébuleux que folklorique, et il voit dans cet homme au physique attrayant une possibilité d'égayer un peu sa sœur, dont il craint qu'elle n'absorbe comme un buvard la mélancolie qu'elle déverse sur scène tous les soirs.

C'est par l'intermédiaire de Pascal Sevran, l'un des nombreux amis des fameux dîners du dimanche organisés par la star, que Richard Chanfray fait sa première apparition rue d'Orchampt.

La crinière de lion assortie d'un sourire d'enfant force tout de suite la sympathie de Dalida. Les deux adultes retournent en adolescence au fur et à mesure que le temps passe. Les invités prennent congé un à un. Sauf Richard. Ils se racontent l'un à l'autre, le cœur ouvert par autant de malheurs en miroir, utopie de narcisses en mal d'Œdipe; ils tombent dans les bras l'un de l'autre, reconnaissant en chacun la moitié qu'ils cherchent depuis toujours.

Elle boit ses paroles d'alchimiste comme un nectar, moins amer que celui d'Arnaud. Il en sait beaucoup sur la vie, la mort et, bien sûr, l'amour dont il alchimise même le sens. Transformer le plomb de la vie en or de l'amour, tel est le but ultime de son œuvre à accomplir sur terre. Pour preuve, « or » vient de « our » (la lumière) et l'amour (âme-our) n'est que la mission d'une âme ayant enfin trouvé la lumière.

Par ailleurs, cet homme aussi drôle que cultivé est un amant d'exception. Il fait de Dalida une femme comblée, adorée dans les moindres replis de sa peau, dans les profondeurs de son être. Ensemble, ils vont jouir de tout et pour toute la vie, telle est la merveilleuse promesse qu'il lui fait quand elle s'endort dans ses bras au petit matin.

Que celle qui n'a jamais succombé aux charmes d'un séducteur lui jette la première pierre. Ces êtres tendres et charmants, j'en ai rencontré quelques-uns. Aujourd'hui, je sais les reconnaître mais, plus jeune, les panneaux qu'ils me tendaient étaient si énormes que je ne les voyais pas.

Comme Dalida, j'ai un cœur qui ne sait deviner le mal. À tel point qu'une amie s'est un jour exclamée : « Oh, toi, tu fais chier, tu aimes tout le monde… » Comme une insulte. J'avoue que je n'ai pas très bien compris en quoi ce pouvait être un défaut. Aimez-vous les uns les autres, j'en étais restée à peu près là, avec Jésus marchant sur l'eau. La planète n'irait-elle pas mieux si elle n'obéissait qu'à cette seule injonction ?

Après mûre réflexion et quelques cuisants échecs, j'aurais tendance pourtant à me tourner vers une phrase tout aussi altruiste mais bien plus protectrice : « Aime ton prochain comme toi-même. » Aimer les autres, c'est bien. S'aimer tout autant, c'est sinon mieux, en tout cas indispensable. Cette petite nuance peut faire passer d'une vie subie à une vie choisie. Or l'amour pour soi n'est pas ce qui caractérise le plus une personne qui a déjà tenté de mettre fin à ses jours.

Cela signifie se respecter (corps et esprit), se pardonner (et donc, entre autres, ne pas se sentir coupable) et être bienveillant envers soi-même comme on le serait envers un enfant.

Chaque fois que je suis tombée dans les griffes d'un séducteur, chaque respiration m'apportait une légère vague de culpabilité, ou tout simplement un manque malsain. Car le séducteur est avant tout un manipulateur. Parce qu'il veut séduire, c'est-à-dire être aimé, en étant le seul à régner sur le territoire de votre cœur. Cette nuance détruit, aussi sûrement que le napalm américain en plein Vietnam, les possibilités de repousse d'un amour sain dans un corps sain. Comme le dealer vend de la drogue, le séducteur vend le rêve ou le manque dont il est le seul pourvoyeur. La manipulation est son arme, il ne respire que pour mieux vous étouffer, vous et surtout le moyen de lui échapper, à savoir votre raison et votre intuition. Il y a des milliers de façons de faire perdre progressivement son espace à l'autre quand on le manipule, en rabaissant sa parole, en se moquant « gentiment », en revenant sur ses promesses…

Derrière chaque femme qui se demande si elle devient folle, il y a généralement un homme qui s'évertue à la faire passer pour telle. Mais comme il faut être deux pour danser la valse, ce genre de relation n'est possible que dans une ronde où chacun alimente le feu des passions insalubres. Le célèbre triangle de Karpman nous enseigne que, symboliquement, chacun trouve sa place dans la relation en tant que bourreau, victime ou sauveur, selon les jours ou les heures… Un séducteur, plus connu aujourd'hui sous son nom de scène de « pervers narcissique », se délecte, comme un acteur sur les planches du plus grand théâtre, de chacun de ces trois rôles.

Ces hommes ont tellement peur de perdre votre amour, votre soutien, votre admiration qu'ils sont prêts à tout pour les conserver et camoufler leur dépendance en s'assurant de la vôtre.

Perversion bien étudiée dans le film *Mon roi*, que j'ai vu pendant le festival de Cannes en 2015. Après la projection, il était clair que la plupart des femmes avaient vu l'histoire d'un pervers narcissique et la plupart des hommes, celle d'une hystérique… La vérité des unes s'arrête là où commence celle des autres.

Marie-France Hirigoyen, dans son livre intitulé *Le Harcèlement moral*, qui devrait être de chevet pour toutes les naïves du monde, déroule avec précision, comme dans un manuel de magie, la méthode à employer pour transformer un être libre en prisonnier, enfermé dans un amour ou une relation destructrice. Les techniques sont proches de celles utilisées par les sectes pour vous piéger dans leur système. Vous finissez par trouver normal de leur donner tout votre amour, votre temps et votre argent.

Plus récemment, on observe que les adolescents et adultes nouvellement radicalisés, qui partent faire le djihad, sont victimes du même vide « insanitaire » qui permet au serpent manipulateur de se lover dans les failles des murs émotionnels.

Pour l'heure, Dalida se repose. Un masque sur les yeux, elle dort, enfin tranquille, sur l'épaule de celui qui lui fera bientôt vivre l'enfer.

La vie auprès de Richard est un miracle de chaque jour. Il n'a même pas à essayer d'exister puisqu'il est omniprésent, cadeau de tous les précieux instants qu'ils passent ensemble, se séparant le moins possible. Il la fait rire et surtout jouir, partout et à n'importe quelle heure. Avec lui, elle se sent femme et s'habille comme telle. Jupes fendues, talons, chemisiers de soie, sa légendaire élégance se fait plus sexy, donnant envie à l'homme qu'elle aime de lui faire l'amour le plus souvent possible. Enfin, son corps de souffrance se transforme en corps de jouissance, lui apprenant qu'elle est, comme tout le monde, faite par et pour l'amour. Cette pulsion de vie, champagne oxygénant ses veines, se remarque même à la télévision. Ces années-là font la gloire de la chanteuse, elle enchaîne les tubes comme la version française du *Parrain*, *Il venait d'avoir dix-huit ans*, *Paroles... Paroles...* et *Besame mucho*...

En coulisses, l'araignée qui a tissé la toile de leur amour l'attend patiemment. L'entourage s'est habitué à voir Richard auprès d'elle. Parfois, il signe des autographes pour ses fans. Ils sont un couple, elle persiste et il signe désormais, le plus souvent possible à côté de sa signature à elle... Il impose cette image, même à ses plus fervents détracteurs.

Car Richard n'est pas un être facile. Tantôt riche, tantôt ruiné, il veut le meilleur pour eux deux, décide de quitter la rue d'Orchampt pour habiter Neuilly-sur-Seine, beaucoup plus chic selon lui. Il se lance dans des travaux pharaoniques, fait main basse sur la vie intime de la star, décidant de tout ce qui ne touche pas à sa carrière.

Dalida, pourtant très attachée à la rue d'Orchampt, se laisse persuader par ses arguments d'enfant gâté. Ils ne peuvent s'aimer là où elle en a aimé d'autres... L'arme de la culpabilité magnifiquement pointée sur elle a vite raison de sa raison. Mais comme il change souvent d'avis, les travaux prennent un temps fou et Dalida ne quitte pas la proie d'Orchampt pour l'ombre de Neuilly.

Elle se sent bientôt dépassée par cet homme qui n'hésite pas à piquer des colères, claquant les portes, menaçant de partir voire de se suicider. À bout de souffle après un an, elle le laisse enfin la quitter. Richard est retrouvé in extremis, pendu dans la chambre qu'il a louée après leur séparation. Dalida s'effondre. Il a trouvé la seule clé qui pouvait ouvrir toutes ses serrures. Le trousseau de la culpabilité fermement accroché à son ceinturon Hermès, il devient le gardien de leur geôle pour plus de neuf ans. Dalida sait qu'elle a signé un pacte avec le diable, mais elle ne prendra pas le risque d'un troisième suicide dans sa vie. Et puis cet homme sait aussi embellir son quotidien en continuant à la séduire, en chaud et froid, maniant à la perfection l'infinie palette d'outils des pervers narcissiques. Son seul acte de résistance sera de vendre Neuilly pour continuer à habiter son nid. À Montmartre.

J'entends déjà les sceptiques se demander comment une femme qui a tout se laisse voler sa liberté, son oxygène, par un homme notoirement fanfaron, pour ne pas dire gigolo.

Mon premier livre, *Manuel à l'usage des filles qui auraient dû dire non*, ne parlait que de ça. Le pervers narcissique est comme une mauvaise maison louée sur Airbnb. On se reproche une fois sur place de ne pas avoir mieux checké les commentaires ou les photos. Il faut un certain temps pour se l'avouer, puis un autre, souvent plus long, pour se pardonner une telle idiotie. Nous ne sommes pas habituées à faire preuve de bienveillance envers nous-mêmes, le fameux « comme toi-même ». Familiarisées plutôt à toujours exiger plus de soi, ne jamais se contenter de ce que l'on a, vouloir dépasser ses limites et ne pas s'écouter. L'amour pour soi reste une énigme à part entière et surtout un travail. Une reconstruction. Ou plutôt une déconstruction, comme un Mikado où on retire soigneusement les bâtonnets un à un sans faire bouger les autres. Il faut beaucoup de patience et de persévérance pour ne pas tout laisser s'écrouler (burn-out, dépression) et surtout, admettre au plus vite que l'on a fait fausse route.

Quand on est formées à subir des maltraitances depuis tant d'années, infligées par soi-même y compris, les réflexes de survie sont à peu près aussi bons que ceux d'un chauffeur ivre mort lancé à 260 km/h sur l'autoroute.

Les hommes qui vous serinent que, sans vous, ils ne sont rien, qui se mettent à genoux et menacent de se foutre en l'air ne sont pas faciles à quitter. Perdue dans le dédale narcissique de l'homme qu'elle aime malgré tout,

Dalida entame une psychanalyse. Elle se sait fragile et s'accorde une heure pour se raconter, une heure pour elle, une des rares où elle ne se donne ni à son public ni à Richard.

Car l'amour pour soi, c'est aussi et avant tout un espace pour soi.

Le prix du mètre carré a souvent raison de cet espace pourtant aussi vital que l'air que nous respirons. Parfois, il peut s'agir d'une simple photo sur un mur, d'un tapis, d'un petit quelque chose qui puisse rappeler, les jours de tempête, qu'existe un endroit en nous, intouchable et sacré, d'où l'on pourra toujours repartir, comme une nouvelle histoire d'une feuille blanche.

Pour nos deux amants, il y a l'enfant.

Les rêves de maternité de Dalida la projettent dans un futur acceptable avec Richard. Il ne manque plus que « ça » à leur bonheur, et les crises de l'un ou de l'autre apparaissent parfois comme des trous noirs entre des planètes qui tournent sur elles-mêmes. Richard lui offre un chien, « en attendant », qu'ils baptisent Gerda, contraction de Germain et de Dalida.

Enfin, son attente est récompensée. Voilà bientôt deux mois qu'elle n'a plus ses règles, signe évident d'une grossesse commencée. Elle se rend chez son gynécologue pour entendre trois nouvelles qui vont la terrasser: non seulement elle n'est pas enceinte, mais elle ne pourra jamais l'être. Ses trompes ont été trop endommagées lors de son avortement clandestin. L'aménorrhée annonce le début de sa ménopause, guillotine assassine de sa maternité triplement endeuillée.

Inattendu, le coup est dur. Violent. Un ouragan balaie la maison mère, le regard triste de Gerda en guise de consolation. Pour l'heure, elle n'en touche pas un mot à Richard, trop occupé à ne rien faire. Comme presque tous les soirs, elle se fait belle. Pour lui et pour tous les autres pour qui, officiellement, le couple rayonne. Son bonheur enchante ses amis, sa seule famille désormais. Elle ôtera le masque de la joie plus tard, après le dîner. Il pleut. Les essuie-glaces s'essoufflent à balayer l'implacable averse. Comme avec tout ce qui lui appartient, elle laisse Richard conduire sa Mini. Lorsqu'ils rentrent, au travers du pare-brise mouillé, les phares éclairent le portail ouvert de la rue d'Orchampt. Éméché, Richard soupçonne une effraction, attrape le pistolet caché sous un siège, justifiant ainsi sa paranoïa quotidienne.

Dalida le supplie de ne pas entrer, de laisser faire la police, surtout de ne pas tirer. Il ne l'écoute guère et pénètre dans la maison.

Ses cheveux blonds encore dans le col de son manteau de vison, elle hurle en entendant les coups de feu, comme un rappel au désordre de sa vie, son destin encore une fois fracassé. Après de longues minutes, Richard surgit, hébété. Elle soupire, il n'a rien. Mais alors, ces coups de feu ?

Richard a tiré sur l'amant de la femme de ménage, en caleçon dans la maison. La rencontre les a surpris tous les deux. Le coup est parti. Bêtement. L'homme gît à terre dans une mare de sang. Pleutre et soudain pris de court, Richard la supplie de ne pas appeler la police. Il a déjà connu la prison et refuse d'y retourner, il préfère encore mourir ici et joint le geste à la parole en pointant le pistolet sur sa tempe.

Dalida, perdue, doit nettoyer le sang répandu sur le carrelage de sa maison ; l'image se superpose à celle de Luigi Tenco.

Sans vraiment réfléchir, ils rhabillent le blessé et demandent à Maria, la femme de ménage, de travestir son témoignage. C'est muni d'un fusil que son amant a descendu l'escalier ; Richard a pris peur et tiré. Légitime défense.

Maria, sous le choc, acquiesce à cette incohérence.

Les gyrophares de l'ambulance colorent par intermittence le cortège bleu des vautours. Les fabricants de faits divers assiègent la ruelle tranquille dont les pavés encore mouillés reflètent la lumière rosée de l'aurore printanière.

Interrogée par la police, Dalida s'acharne à innocenter son amant tout en prenant des nouvelles du malheureux blessé. Il devrait survivre. En revanche, face aux témoignages qui ne tiennent pas la route, la police presse la chanteuse de dire la vérité, rien que la vérité. Habituée à la travestir depuis quelques années, elle peine à retrouver le chemin du récit de sa vie. Le policier parle de faux témoignage. « Cela n'en vaut pas la peine, lui dit-il comme s'il devinait à demi-mots sa prison intérieure. Il n'y a pas de trous dans les vêtements de la victime, il a donc été rhabillé *après* le crime. Maintenez-vous votre déposition ? »

Parfois, c'est une simple question qui vous sort de la léthargie affective. Un officier du service des passeports m'avait demandé, à un moment où j'étais dévastée par mon divorce : « Madame ou mademoiselle ? » Fâchée de devoir me définir par une appartenance ou non à un homme, j'avais d'abord essayé d'esquiver la question, mais il fallait bien que je « rentre » dans ses cases, alors j'avais hurlé : « Appelez-moi "monsieur" ! »

J'ai aussi été sauvée par plus anonyme, un coup de fil à SOS femmes battues. J'étais en couple avec un homme jaloux et violent et je m'étais mise en tête de le sauver de ses démons en cherchant un centre pour les hommes violents. Évidemment, au bout du fil, l'inconnue qui me répondait m'a fait parler de moi et de ce qui motivait mon appel. J'ai fini par avouer les coups. L'inconnue, investie d'une mission, m'a lancé qu'un homme ne devait jamais frapper une femme. J'ai essayé alors d'exposer quelques circonstances atténuantes, arguant que j'avais été verbalement violente avec lui et que j'avais donc, peut-être, moi aussi provoqué cette situation... Inlassablement, elle me répétait, comme un bouddhiste son mantra: «Un homme ne doit jamais taper une femme.» Ce n'est que la quatrième fois que j'ai *enfin* compris ce qu'elle me disait.

Le langage administratif peut parfois démêler les fils intimes de situations inextricables. Le policier demande une dernière fois à Dalida si elle maintient ses fausses déclarations.

Vaincue, elle décide de sauver, *enfin*, sa peau et de laisser, *pour une fois*, Richard assumer ses bêtises.

Il est incarcéré et elle retourne seule à Orchampt. Donnant aux vautours armés de flashs devant sa porte la charogne qu'ils attendaient. Arrachant ainsi l'herbe folle dans son jardin secret.

Ses mains parfaitement manucurées tentent de soutenir celles de Richard, implorantes, de l'autre côté de la vitre du parloir. Le souvenir de son père quémandant sa tendresse quand il était détenu lui revient en mémoire. Éclairs diffractés dans les champs de ses visions, où passé, présent et futur forment un magma boueux duquel elle espère, comme les grands sages, voir émerger une fleur de lotus.

Pour l'heure, ce ne sont que couronnes mortuaires, un ventre à jamais silencieux, un amant derrière les barreaux. Les grilles de sa maison ne s'écartent que pour laisser passer sa Mini vert bouteille qui vient d'ouvrir la mer noire des photographes.

Pourtant, sa solitude forcée l'aide à reprendre un peu vie, elle respire à nouveau l'air de sa maison, rien que pour elle.

Son psychanalyste lui souffle qu'elle pourrait souffler, elle aussi. Ne pas payer la caution qui s'élève à plus de 180 000 francs et laisser Richard finir au trou l'année qu'il a si mal commencée. Pendant un moment, l'idée la séduit presque. Elle pourrait se refaire une santé morale, loin de celui qui brouille ses ondes, malgré son triomphe sur celles des radios. Vivre sans Richard, c'est avant tout et à nouveau vivre pour elle. Ce bonheur simple lui va bien. Elle recommence à donner des dîners, à rire, à se sentir un peu libre. Elle n'a jamais été aussi adulée, star, les tubes s'enchaînent.

Mais elle assume mal de laisser son homme pourrir derrière les barreaux, le poids de la culpabilité se fait plus lourd que l'envie, pourtant sérieuse, de le balancer avec l'eau saumâtre de leur bain. Elle paye finalement la caution et se noie de nouveau dans les rouleaux toxiques de leur relation à jamais inégale.

À sa sortie, Richard, moralement très atteint, ne fait même pas l'effort d'aller bien. Il se laisse aller à ce qu'il est vraiment, un enfant en mal d'amour, un homme souvent brutal, assoiffé de sexe, qui se soulage dans les corps qui s'offrent à lui, loin du lit de Dalida. S'ils restent un couple à la ville, ils sont presque séparés entre les draps brodés à leurs initiales.

Dalida a raté son virage. Sublime femme de quarante ans, elle a tous les succès et beaucoup d'hommes à ses pieds. En lâchant le poids de celui qui alourdit son âme autant que son quotidien, elle aurait peut-être appris à forger, dans un moment moins pénible que la ménopause, l'acceptation de cette solitude, intolérable lot commun à tous les êtres humains.

Quand j'ai voulu divorcer, mes enfants étaient encore très petits. J'ai hésité pendant deux ans. Balancier intolérable entre mes doutes : supporter, comme le roseau, un couple moribond ou détruire en un seul coup de hache le chêne sur lequel mes enfants adorés avaient gravé un cœur pour leurs parents. Un mantra m'est alors apparu qui martelait ma culpabilité, fissurait les murs porteurs de mon ersatz conjugal. « Si l'un des deux doit souffrir, autant que ce soit l'autre. »

Non, ce n'est pas cela l'égoïsme. Pendant un voyage en avion, en cas de dépressurisation de la cabine, on vous ordonne de placer le masque à oxygène d'abord sur vous. Avant les enfants ou les proches. Sauver les autres, c'est important. Se sauver soi-même, c'est un ordre. Une loi. Un devoir qui prime le conjugal.

J'ai commencé à faire des films pour témoigner auprès de femmes souvent engluées dans des peurs atroces, telles que la perte de la garde des enfants ou de leur train de vie, quand elles sont confrontées à cela.

En interview, on me parle de plus en plus de mon engagement pour le féminin comme d'une énigme. Mais j'ai éprouvé une telle solitude pendant mon divorce, ce moment où j'arrachais les rêves de mes enfants au prix de ma survie, que je me suis juré d'être là pour celles qui auraient besoin d'un peu de soutien, ou de lumière dans leur chambre souvent obscurcie par la séparation. Liberté, égalité, sororité. Ce mot bien trop peu usité exprime un lien que je ressens au plus profond de moi, comme une armure qui protège de l'atroce culpabilité dont les femmes se vêtent par habitude ou par soumission, aidées en cela par notre chère Bible.

C'est ainsi que j'ai voulu mon premier film, *Comme t'y es belle* : un lieu où celles qui vont un peu moins bien, pour diverses raisons, peuvent reprendre leur souffle. Rien ne me fait plus plaisir que les remerciements de ces anonymes croisées pour ce film qu'elles revoient dès qu'elles ont « un coup de blues »...

Je profite de ces pages pour les remercier à mon tour, si elles me lisent. La sororité est un lien digne entre humains, et pas seulement entre femmes. Tout comme la fraternité ne s'applique pas qu'aux hommes. C'est une manière féminine d'être ensemble, de s'accepter aussi dans sa vulnérabilité, de laisser tomber les masques du social et de la compétition, de se dire et de recevoir l'amour qu'on veut bien se donner, une forme d'empathie que je vois fleurir partout où la conscience s'élève. Comme Martin Luther King, je fais le rêve de ce monde-là.

Penchée au-dessus de la cuvette des toilettes, Dalida se fait vomir. Dans quelques semaines, à quarante-six ans, elle apparaîtra moulée dans d'improbables tenues en lycra dorées, pampillées de cristal, matador sans banderilles dans l'arène du Palais des sports. Elle s'est lancé le défi de réaliser le premier show à l'américaine, en France.

Poussée par le souffle violent et sensuel de *La Fièvre du samedi soir*, à qui elle a emprunté le chorégraphe, Lester Wilson, Dalida veut tenir le pari fou de danser et chanter tout à la fois. Défi inimaginable, danser et chanter tout à la fois. Ne pas s'essouffler. Pour cela, elle n'a rien trouvé de mieux que de se faire vomir après les repas.

Au Moulin de la Galette, le restaurant de Montmartre, son ami Grazziano lui prépare des plats de pâtes à n'importe quelle heure du jour et de la nuit. Son péché mignon, adorable même, tant il lui rappelle sa maman, son enfance, l'Italie, et l'amour, envolé avec Richard. L'habitude d'être sa femme l'empêche de le quitter, malgré sa violence, verbale et parfois physique, destructrice. Elle s'échappe dans le travail, refuge illusoire d'une petite fille brûlant ses précieuses allumettes chaque soir devant des milliers de fans déjà conquis.

Un soir pourtant, elle décide d'allumer le feu pour un geste banal de Richard, presque drôle mais déplacé. Il veut lui enlever le béret qu'elle a pris l'habitude de porter, comme Faye Dunaway dans *Bonnie and Clyde*. Elle refuse. Il la traite de star vieillissante et susceptible. Une goutte d'eau dans une coupe qui déborde. Enfin, elle le met à la porte du restaurant.

Devant ses amis muets et des clients médusés.

Richard aura beau pleurer, s'agenouiller, supplier, promettre, « avec le temps va, tout s'en va », lui répond la chanteuse à bout de forces.

Les grilles de sa maison vont se refermer sur lui, rappelant le bruit de celles de la prison. La liberté pour un dépendant affectif est le pire des enfermements. Pour Dalida, en revanche, c'est une période bénie. Le succès de son show lui vaut des tournées mondiales et triomphantes. Elle oublie sa solitude dans les bras de ses fans, tendus comme vers une déesse, et les draps froids de son lit vide rue d'Orchampt dans ses chambres d'hôtel. Orlando organise avec maestria le retour de sa sœur à la vie publique, plus star que jamais. Comme une bougie dont la flamme ressuscite quelques secondes avant de s'éteindre.

J'ai longtemps hésité à garder dans mon film l'image de Dalida qui vomit au-dessus des toilettes, mais j'avais envie de parler de ce rapport à soi, de ces « nourritures affectives » bien moins neutres qu'il n'y paraît. Son médecin de l'époque lui conseille cette « méthode » pour garder la ligne, adoubant ainsi un rapport au monde compliqué, pour ne pas dire inversé.

Quant à moi, j'ai pris quinze kilos dans l'aventure « Dalida ». Je me souviens d'un article du *National Geographic* où l'on expliquait que le poids des mammifères variait selon deux critères. Soit l'animal veut déguerpir rapidement devant un prédateur, auquel cas il tend à maigrir, soit il veut en imposer et faire fuir les autres, auquel cas il grossit.

Dalida annonce clairement par son anorexie qu'elle veut disparaître.

Quant à moi, j'essaye d'en imposer, évidemment. À la tête d'une PME employant près de deux cent cinquante personnes pour la fabrication de mon film, je ne peux m'empêcher de le vivre comme un danger, une responsabilité parfois trop lourde, une grossesse désirée mais non reconnue. Un vrai poids quand le corps féminin est beaucoup déterminé par ses kilos. Être belle aujourd'hui, c'est être mince, si l'on en croit les différents magazines glaçant leurs couvertures des canons actuels de beauté. Quand une mannequin dépasse la taille 36, il devient impossible de lui trouver un vêtement dans les agences de presse. Il y a encore quinze ans, le 38 était la référence. Les marques qui veulent trier leurs « it » clientes ne fabriquent même plus de 40, évitant ainsi que leurs précieux logos se déforment sur des ventres trop ronds ou des cuisses trop larges...

Quel chemin depuis Rubens qui exposait des corps charnus comme autant de chefs-d'œuvre ! La dictature autrefois imposée par les hommes pour enfermer les femmes dans des corsets ou des carcans sociaux a fait place à une démocratie où les femmes sont leur propre tyran, se voilant la face, au propre et au figuré, pour complaire aux critères esthétiques ou religieux. Tristes corps obligés ou craignant de se montrer, de se faire désirer. Oxycorps incapables, comme Hamlet, d'être et ne pas être.

Comment ne pas voir dans l'appauvrissement de la qualité des spermatozoïdes, les difficultés grandissantes à procréer, la dictature de la minceur, de la mode, du sexe ou de la burqua, l'impuissance masculine et la frigidité, autant de signaux d'alerte pour une société intoxiquée par des codes impossibles à déchiffrer, sous pression de plus en plus chimique ou religieuse, pour dormir, manger et jouir. Il ne suffira pas de trier nos poubelles quand viendra l'heure de quitter nos corps maltraités.

Il est 20 heures ce 10 mai 1981 et la France découvre le visage pixélisé de François Mitterrand. Ceux qui se réjouissent partent à la Bastille, les autres en Suisse. Liée à Mitterrand depuis qu'elle a chanté pour Gaston Defferre au congrès du PS à Marseille en 1971, Dalida est mise avant les autres dans la confidence de son élection, vers 18 heures. Amie sincère et dévouée, elle affiche gaiement sa joie. Tache rose dans le gris des costumes sombres comme ceux qui marchent vers le Panthéon, elle ne se doute pas un seul instant des effets catastrophiques de ses apparitions colorées.

La peinture fraîche et rose de la France va entacher sa célébrité. On ne lui pardonne pas une amitié qu'on prend soit pour une liaison, soit pour un engagement politique. À l'époque, une star ne s'engage pas. Prévenue par son entourage, elle préfère, comme d'habitude, braver les interdits. Elle n'a pas attendu d'avoir cet âge pour se faire dicter sa conduite. Au nom de sa liberté plus que par conviction politique, elle va s'enfermer dans une posture de soutien que la profession lui fera durement payer. Lorsque Thierry Le Luron commence à l'imiter, louchant comme un demeuré et l'appelant « la panthère rose », elle devient la risée d'un monde naturellement doué pour le cynisme et la méchanceté.

Très vite, les tournées s'annulent. Orlando voit les commandes dégringoler aussi sûrement que le moral de sa sœur. Encombrés par cette star dont ils ont su profiter au bon moment, les socialistes referment doucement les grilles de l'Élysée devant celle qui va rester de plus en plus cloîtrée derrière les siennes. Un matin, elle trouve sa porte taguée d'injures, contre elle et le Président. Ne bénéficiant d'aucun statut officiel, elle n'a aucune protection non plus. L'enfermement comme récompense de sa liberté... Ses yeux la rappellent cruellement à ses premières années de souffrance. Ils lui font mal. Elle préfère désormais tirer les rideaux, même la journée.

Pour ne pas vivre seule, elle engage la costumière que Line Renaud vient de virer. Cette dernière la prévient: cette femme est un chat noir. Mais Dalida a besoin d'un peu de compagnie et Jacqueline, plus déprimée encore, envahit la rue d'Orchampt, sachant se rendre aussi utile qu'agréable. Dans un premier temps.

Très vite, elle entraîne pourtant la star dans sa propre dépression. Elles passent ensemble des après-midi à jouer au scrabble ou au gin rami. Entre deux tours de chant qui la réjouissent de moins en moins, Dalida perçoit une lassitude dont elle veut taire le nom. Comme d'autres camouflent leur dépression avec l'alcool ou les médicaments, elle se laisse doucement envahir par sa mélancolie. Iolanda, ma sœur, songe à la douceur d'aller là-bas... Ensemble.

L'habitude ne fait pas le moine. Mais Dalida porte mieux que personne le manteau rassurant de la dépression, les idées noires comme autant d'accessoires autour du cou, corde invisible prête à se resserrer. Boxeuse renvoyée dans ses cordes, elle se fait l'arbitre de sa vie et décompte elle-même les années qui lui restent. Le temps ne passe plus à la même vitesse rue d'Orchampt après la nouvelle du suicide de Richard.

Retrouvé dans sa voiture avec sa nouvelle compagne, intoxiqués par les gaz d'échappement sciemment retournés contre eux, l'immortel a quitté sa légende en mourant, comme les autres. Pour Dalida, c'est la fin d'une illusion. Les jours où elle décide de ne pas se mentir, elle sent qu'elle ne va pas tarder à suivre le même chemin.

J'ai souvent eu l'intuition que si Dalida avait fait partie de ma génération, elle se serait tournée vers d'autres soins que les seuls anxiolytiques. Ayant moi-même traversé une période difficile, quand l'envie de vivre m'a quittée, j'ai eu recours à plusieurs méthodes pour me relever. J'ai consulté des psys, bien sûr, mais aussi des coachs de vie, de sport, des gourous en tout genre, des arnaqueurs et des saints, je suis allée étudier mes zones d'ombre avec différents outils indisponibles à son époque. Pourtant, aujourd'hui, la réponse à cette maladie est encore trop souvent exclusivement chimique. Étudier sa vie m'a donné la conviction qu'elle serait allée chercher plus loin, tout comme elle était partie en Inde pour ouvrir d'autres portes sur son âme.

Je ne nie pas que les anxiolytiques puissent, dans un premier temps, aider à surmonter une dépression, mais ils ne peuvent en aucun cas être une fin en soi... Au même titre que les plâtres et les béquilles après une fracture, qu'on abandonne une fois le corps réparé. À l'heure où la Sécurité sociale hurle à la mort au-dessus de son gouffre, je me demande si l'on veut sincèrement réparer les âmes en souffrance. Les pouvoirs publics remboursent si facilement le médicament préféré des Français, probablement fiers d'être un des peuples à en consommer le plus au monde, avec les Américains.

Sans tomber dans la paranoïa contre les lobbys pharmaceutiques, dont il me semble pourtant que leur but est de nous faire consommer des médicaments plutôt que de nous guérir – et donc fermer boutique –, je me suis toujours amusée de ce que les vitamines n'étaient pas remboursées, à l'inverse des antidépresseurs. Cela sonne comme un avis clair de l'État: « Oyez, oyez, citoyens, nous serons derrière vous seulement si vous vous tenez calmes, voire endormis... Nous ne rembourserons pas vos efforts pour avoir la pêche, la patate ou tout autre fruit ou légume qui ne vous soumettrait pas à notre bon vouloir. » Ce système nous rend coupables du fameux trou de la Sécu, comme si nous nous amusions tous à tomber malades « exprès ». Personne, encore aujourd'hui, ne songe à remettre en cause non pas le « trou » mais la médecine elle-même, souvent obligée de se prostituer auprès de laboratoires qui s'engraissent. Bizarrement, eux, se portent très bien.

J'ai une admiration sans borne pour les médecins qui consacrent, au sens étymologique du terme, leur vie à celles des autres. Quand on fréquente les hôpitaux, on sait que les saints portent aujourd'hui des blouses vertes, bleues ou blanches. Les démons font pleuvoir sur eux bureaucratie et chimie dangereuse, étouffant les désirs de (bien) vivre sous les massues chimiques et rémunératrices. Comme le corps des femmes jadis soumis aux règles morales, le corps médical se voit imposer des règles pipées d'avance et assujettir au besoin toujours plus guerrier de prendre le pouvoir et de consommer. Les corps se vengent quand ils sont mis en terre, devenus trop toxiques pour se décomposer comme au « bon vieux temps ».

J'ai un très court moment cru que la honte du sang contaminé éclabousserait suffisamment notre système médical pour lui donner une véritable éthique. Au nom de celle-ci, on suspend aujourd'hui des médecins qui osent condamner ce système.

La dépression, comme toutes les maladies, est une expression du corps qui a quelque chose à dire. « Le mal a dit »... Pour Dalida et pour des millions de gens, le mal de vivre est l'expression d'une réalité détournée de sa source d'amour.

Tant que le Bonheur Intérieur Brut s'effacera au profit du Produit Intérieur Brut, je doute que l'on entende cette réalité.

Une trouée de lumière dans le ciel obscurci de ses présages. Youssef Chahine, le plus grand réalisateur égyptien, vient de lui proposer le premier rôle du film adapté du somptueux livre d'Andrée Chedid *Le Sixième Jour*. L'espace d'un instant, Dalida reprend espoir. Son rêve enfin accompli, la boucle enfin bouclée. Partie d'Égypte pour faire du cinéma, c'est le cinéma qui l'y ramène pour un premier film. La chanson comme une vague entre deux marées.

Pour le rôle, elle accepte de se vieillir et de porter l'habit traditionnel égyptien. Vieille femme vêtue de noir dans les rues du Caire, elle a du mal à accueillir sa nouvelle image. D'autant que, sur le tournage, elle joue la mère d'un petit garçon avec qui elle s'entend très bien. Elle le gâte tous les jours un peu plus, aime ces longues journées avec lui et se laisse aller à imaginer qu'il est son fils... au point que bientôt, quand il crie « Maman ! », elle se retourne aussitôt, pour affronter la déception de le voir se jeter dans les bras de sa vraie mère.

Dalida actrice se donne à fond, comme à son habitude, sans vraiment faire l'effort de revenir à elle. Iolanda lui renvoie dans les miroirs de l'hôtel l'image d'une femme seule et fatiguée.

Allongée sur son lit, les bras en croix, le téléphone à mi-chemin entre elle et la table de nuit, elle attend. La sonnerie du monde. Quelques drings et plus de drames. Ce serait si simple. Elle voudrait qu'il l'appelle, comme il l'avait promis. François promet souvent, probablement pour ne pas la heurter. Près d'elle, il rêve aux mêmes choses, mais dès qu'ils sont éloignés, il change d'avis, ce médecin rencontré quelques mois auparavant. Elle l'aime déjà beaucoup et serait prête à repartir sinon en fanfare au moins en couple, ce joli mot, les deux ailes d'un oiseau en vol. Pour l'heure, personne n'appelle, elle attend, les ailes déployées, prises dans un coaltar d'incertitude. Une profonde lassitude. De quoi ? De l'attente du bonheur qui peine à venir comme certains peinent à jouir. Quand on veut, on peut. Mais quand on veut le bonheur, on ne peut rien. Que disent les saints et les sages pour calmer la douleur de sa solitude, les yeux clos par des cotons imbibés d'eau de rose ? Ses deux cavernes de souffrance recouvertes d'un linceul parfumé. Qui enterre-t-on aujourd'hui ? L'espoir ? L'amour ? Le couple ?

Enfin, il sonne.

C'est François.

Elle prend une voix douce et chantante. Suave, presque sensuelle.

L'air détaché de celle qui crève de ne pas être attachée.

Il n'a pas grand-chose à lui dire. Elle s'en fout. Il est là, tortillonné dans le fil du téléphone amarré au bord du lit, pas assez long pour sa petite voix de médecin indécis, incapable de la choisir vraiment, d'aimer, de libérer par sa venue celle qui l'attend comme une mendiante. Confortablement installé dans sa routine parisienne, il n'a pas daigné lui rendre la visite pourtant promise quelques semaines auparavant. Il choisit de n'être qu'un téléphone de plastique sur des draps en lin.

Le désenchantement, pour une chanteuse, ça ne s'entend pas.

La voix reste suave. Indulgente.

« Je comprends », lui dit-elle.

Au fond pourtant, elle ne sait plus rien. Ni sur l'amour ni sur cette femme soudain vieillie par un milliard d'abandons au fond de son pays natal.

L'espoir creuse un tombeau entre la réalité et nos désirs. Au mieux, il nous fait survivre, cautérisant la surface de nos malheurs par des lendemains qui chantent. J'ai adoré lire le *Traité du désespoir et de la béatitude* d'André Comte-Sponville parce que, loin de nous faire sombrer, il y propose une vision claire de notre paysage. Au sens sponvillien, c'est la faculté d'être dans l'ici et le maintenant, émerveillé par la preuve de notre présence vivante.

Ces coups de fil, quelle femme ne les a pas connus ? Ceux qui viennent après de longues heures d'attente. Ceux qui ne viendront jamais. Ceux qui nous ont fait pleurer de la rage d'être abandonnée. Hurler de joie d'être à nouveau aimée. Rassurée qu'il y ait quelqu'un.

On dit souvent que les femmes simulent au lit, mais les hommes n'imaginent pas qu'elles simulent au téléphone. Pour ne pas montrer les pleurs et les déceptions, les attentes impatientes, les terreurs d'abandon. Je bénis le temps que j'ai connu où les répondeurs téléphoniques n'existaient pas. Les déceptions se restreignaient aux heures où l'on était chez soi. Le téléphone sonnait. Ou pas.

De nos jours, on consulte fébrilement son téléphone, trimballant de son plein gré l'objet de torture, espérant à tout bout de champ recevoir un baiser d'un bonhomme jaune, et choisir de répondre par un cœur. Beaucoup d'outils pour dire aux autres qu'ils nous manquent et qu'on les aime. Mais dans la vraie vie, tout le monde semble faire semblant de n'avoir besoin de personne.

La seule fois où j'ai pris un demi-Xanax, j'attendais le coup de fil d'un amant qui ne venait pas. Il devait me confirmer nos retrouvailles prévues pour le lendemain, en vacances, comme nous l'avions décidé de longues semaines auparavant. Mais je restais sans nouvelles de lui. J'étais seule chez moi, en plein mois d'août, après m'être séparée de mes enfants pour les laisser à leur père un mois entier. Autant dire que je n'étais pas particulièrement encline à un nouvel abandon. La soirée passant, je comprenais que le coup de fil ne viendrait pas, qu'il y avait eu un problème, ou qu'il avait changé d'avis et ne voulait pas me l'annoncer. La terre s'ouvrait littéralement sous mes pieds, je n'arrivais plus à penser ni à vouloir. Je fixais mon téléphone en pleurant silencieusement, comme pour l'émouvoir. Et puis je me suis rappelé que mon cousin, qui en prenait tant, m'avait donné un Xanax un mois plus tôt, comme ça, au cas où. Il avait dit « Ça peut toujours servir » ; je ne voyais pas à quoi, mais je l'avais pris quand même. Le ventre tordu par l'angoisse, les yeux bouffis, je suis allée chercher dans ma trousse de toilette le petit millimètre carré argenté. Par peur de ne pas supporter le dosage, j'en ai avalé que la moitié du cachet, attendant ma libération chimique. Effectivement, quelques minutes plus tard, j'ai pu de nouveau regarder mon téléphone dans les yeux. J'étais prête à tout encaisser. Même le silence. Finalement, l'amant a appelé. Tard. J'ai simulé un parfait détachement. Je savais que les jeux étaient faits et que l'aventure s'arrêtait là pour moi. J'étais déchirée, triste, effondrée ; mais certaine.

C'est l'incertitude qui rend fou. L'espoir.

Une maille à l'endroit, une maille à l'envers. Les aiguilles tricotent le temps qui passe. Une écharpe par personne, elle ne partira pas avant. Elle prend son temps. Une maille à l'endroit, une maille à l'envers. Une pensée noire, une pensée lumineuse. Du côté obscur de la pelote, il y a ses yeux douloureux, rappel du cauchemar de son enfance. Elle vient de subir une énième opération et a décidé que ce serait la dernière. Elle sait comment mettre fin à la douleur, elle connaît le chemin pour l'avoir déjà emprunté une fois, il y a vingt ans. Vingt ans déjà, mon Dieu, se dit-elle, et que lui reste-t-il des années volées à sa première mort ?

Deux suicides, Lucien et Richard, partis avant elle. Son premier chien, aussi, Gerda. Existe-t-il un paradis pour les chiens ? Et pour les humains ? Dalida ne cherche pas à gagner le paradis, mais à sortir de l'enfer. Celui de ne plus se trouver belle, avec ses cheveux qu'elle a coupés pour se donner un coup de jeune. Une belle connerie, ça aussi. Et cette lancinante solitude, cet ennui dont on dit qu'il est mortel, à juste titre pense-t-elle.

Il y a bien des galas, sur des scènes de plus en plus internationales, où elle n'est pas dans son pays, donc un peu prophète, encore. Pour combien de temps ?

Elle comprend qu'elle décline, François le lui fait suffisamment sentir. Il annule leurs soirées de plus en plus souvent, à la dernière minute.

Samedi, ils doivent se rendre ensemble au théâtre pour assister à la représentation de *Cabaret* mis en scène par Jérôme Savary. Elle a adoré Liza Minnelli dans le film de Bob Fosse. Elle aurait tant aimé jouer ce genre de rôle, mais le cinéma n'a voulu d'elle qu'une seule fois. Pas un amour qui dure, pas un gala qui ne la laisse exsangue. Bon petit soldat, elle se vide du sang de son âme, pour un homme ou pour les fans. Et pour seule récompense, se voir vieillir chaque jour un peu plus, boule de neige préparant l'avalanche, et finir ensevelie dans le néant d'une vie qui n'a servi qu'à chanter, cigale trois fois veuve et jamais mère.

Le téléphone la sort de sa torpeur. C'est François. Samedi, finalement, il ne pourra pas, il préfère remettre à plus tard. Elle qui avait les plus beaux hommes à ses pieds se voit réduite à encaisser des mensonges mal ficelés.

Elle raccroche tranquillement. Enfin, elle se sait libérée. Plus d'espoir. Elle ne dira rien à son entourage. Elle feindra d'être heureuse d'aller voir cette pièce avec l'homme qu'elle aime. Elle demandera qu'on la laisse dormir tard le lendemain, car elle sera avec François. Personne ne viendra vérifier avant au moins seize heures. Elle prendra ses cachets à l'heure du lever de rideau. *Life is a cabaret*. Pour elle, il se baisse.

Définitivement. Beaucoup de cachets, un peu d'alcool, calmement, elle écrira un mot simple et clair sur sa carte de visite où elle rayera le nom de Dalida.

« Pardonnez-moi, la vie m'est insupportable. »

11 janvier 2017.

Le film sort sur les écrans aujourd'hui. J'ai coupé mon téléphone. Je ne veux pas recevoir des nouvelles de la salle. Cette guillotine pourrait, avec quelques chiffres pour les premières séances, emporter tout le plaisir que j'ai eu à réaliser le film.

Même quand le film est un succès, je vis ce jour-là comme un deuil. Plus de trois ans passés, chaque jour, à ne vouloir, faire, penser qu'à elle, Dalida, qui a pris tant de place dans ma vie. Pendant trois ans, j'ai ciblé cet unique but, comme un champion s'entraîne pour les Jeux olympiques. Vient le jour de la compétition, on est jeté dans le grand bain. De superbe promesse, la réalité devient déjà has been, mon affiche au milieu des autres et je commence à racoler sur les trottoirs, attendant le client, plus vieux métier du monde, pluvieux après-midi.

C'est un drôle de métier que celui de faire des films, parce qu'ils n'existent qu'au futur ou au passé. Il n'y a jamais de présent. Avant, c'est trop tôt ; après, trop tard. Ce n'est jamais l'heure quand on fait un film. Il n'existe pas, puisque c'est une projection. Il n'est pas matérialisé bien qu'il existe dans le monde matériel. Tant qu'il n'est pas sorti, c'est un espoir ; dès qu'il est à l'affiche, c'est du passé, et on regarde s'afficher les horaires avec une certaine tristesse. Je ne recevrai le DVD que dans quatre mois, ce sera mon lot de consolation. Mais un film, c'est tellement plus que ça. Accouchement sous X d'un bébé qu'on ne vous laisse même pas embrasser avant de le donner aux autres.

Seul un extraordinaire succès peut consoler de ne l'avoir jamais serré dans ses bras. Et encore...

À l'heure où a sonné le glas du box-office, et contrairement à ce que je pensais, *Dalida* n'a pas déplacé les foules. Un léger intérêt, mais rien de fulgurant.

En revanche, les critiques et les retours des spectateurs sont époustouflants.

Je ne gagnerai pas ma vie avec Dalida.

Mais elle m'a fait gagner la mienne. La vraie. Celle que l'on m'a donnée à la naissance. Et d'ailleurs, pourquoi faudrait-il gagner une vie que l'on vous donne ?

La veille de la sortie, je racontais à un ami le chemin parcouru avec mon « alchimovie », comme je l'ai si souvent décrit en interview. Cet étrange voyage dans la vie d'une autre dont les blessures permettent de lécher mes plaies dans le terrier de la salle obscure, où un rayon de lumière répand son œuvre devenue mienne. « En un sens, tu as fait preuve de détachement », me dit-il. Le mot de « détachement » s'est mis à résonner en moi, ce fameux mot que tant de psychanalystes ou de journalistes du bien-être projettent sans cesse comme une injonction évidente. À mon sens, les artistes sont tout sauf détachés. Ils attachent même, bien collants au fond de la poêle de leurs émotions, et c'est avec ce frichti-là qu'ils font leurs meilleures soupes.

Je n'ai pu parler de Dalida que parce qu'elle me ressemblait dans sa peur de manquer l'Amour, ce rendez-vous obligé avec le véritable sens de la Vie. Je n'ai pu guérir de cette peur que par la magie du détachement car, sans le vouloir, et pour sa bonne cause, je me suis détachée de ma problématique.

Comme un merveilleux cadeau, j'ai compris tout le sens de ce travail sur ce film, bien loin finalement de mes attentes du box-office.

Je renais des cendres d'une autre parce qu'elle m'a ordonné d'aller voir en bas si j'y étais.

Elle m'a montré le chemin noir, la fin triste de celle qui n'a pas su être guidée par sa propre lumière. En écrivant sa vie, je réinvente la mienne, forcée d'éviter les pièges dans lesquels elle n'a su que tomber. Je sens sa douce main me relever, moi la deux fois catherinette qui laisse s'envoler ses enfants et qui retourne à sa solitude. Le saut dans le vide, c'est le cadeau que j'ai offert à ma dernière fille avant qu'elle ne quitte la maison. La chute libre m'a fait découvrir que le ciel ne nous laisse pas tomber. Au contraire, il vous soutient.

Le ciel m'attend, comme tout le monde. Mais surtout, je sais maintenant qu'il m'attendra. Le désespoir que j'ai pu toucher et sentir au côté de Dalida s'est soudain transmuté en un espoir infini. Elle s'est donné la mort pour ne pas subir une vulnérabilité qu'elle sentait poindre, comme la nuit irréversible d'une vie arrivée à sa fin. Tout comme elle, ce film a éveillé en moi la peur du noir, et la sortie commercialement mitigée aurait pu me faire prendre cette route trop connue d'une estime de moi bafouée. Raconter la vie d'une autre, c'est devenir son parent nourricier, celui qui donne la main à chaque bobo, qui remet en marche, celui vers qui l'enfant, inexorablement, tend les bras quand il fait ses premiers pas. Elle m'a forcée à développer une attitude bienveillante à son égard, la comprenant, la pardonnant. En cessant de la juger, j'ai cessé de juger. En comprenant ses erreurs, j'ai pardonné les miennes. La vie n'est facile pour personne et c'est avec un plaisir infini que je découvre à quel point je ne veux plus me faire de mal. En me dénigrant, en me comparant, en me jugeant, en me tourmentant avec des histoires, des erreurs, des amours passés ou des futurs imprévisibles. N'est prévisible que le présent que je reçois comme un cadeau de ses mains propres.

Désormais, je traiterai ma vie comme le biopic d'une femme que j'aime et que j'admire intensément. Moi.

Remerciements

Je tiens tout particulièrement à remercier Orlando, Jérôme Seydoux, Julien Madon, Debora Kahn-Sriber, Manuel Carcassonne, mes parents et mes enfants. Et Dalida.

Cet ouvrage a été composé
par Nord Compo à Villeneuve-d'Ascq (Nord)
et achevé d'imprimer en France
par CPI Brodard et Taupin
à La Flèche (Sarthe)
pour le compte des Éditions Stock
21, rue du Montparnasse, 75006 Paris
en mars 2017

PAPIER À BASE DE FIBRES CERTIFIÉES

Stock s'engage pour l'environnement en réduisant l'empreinte carbone de ses livres. Celle de cet exemplaire est de :
300 g éq. CO_2
Rendez-vous sur www.editions-stock-durable.fr

Imprimé en France

Dépôt légal : avril 2017
N° d'édition : 01 – N° d'impression : 3022482
72-51-3701/3